orte-KRIMIreihe

D1717427

Herausgegeben von Annemarie Bänziger

Paul Lascaux

Der Teufelstrommler

Kriminalroman

orte-Verlag

Copyright 1990 by
orte-Verlag AG, Zürich
und Wirtschaft "Kreuz",
9429 Zelg-Wolfhalden AR, CH
Alle Rechte vorbehalten
Titelfoto: Paul Lascaux
Autorenfoto: Franziska Fiechter
Layout: Hampi Witmer
Druck: Memminger Zeitung
Printed in Germany
ISBN 3-85830-053-5

"Die Menschheit organisiert sich gerade nach Art einer Zwiebel und schiebt immer eine Hülse in die andere bis zur kleinsten, worin der Mensch selbst denn ganz winzig steckt."

(Bonaventura: Nachtwachen, 1804/05)

1

Über Peter Fahrni schwenkte der Hebelarm mit dem grellen Licht, blendete ihn, so dass er nurmehr Schemen erkennen konnte, die Maske mit dem breiten Stirnband, einen Kopf, der sich zu ihm hinuntersenkte. Fahrni spürte den Druck im Magen, das Liegen machte es nicht besser, im Gegenteil: Er konnte weder ungestört Luft holen noch richtig aufstossen, wie es zur Erleichterung angezeigt gewesen wäre. Ausserdem hatte er den Mund voller Watte und Plastikröhrchen.

"Geht es so?" fragte Doktor Bertschi, indem er dem Zahnarztstuhl einen Ruck gab, der diesen nach unten riss, während Fahrnis Kopf auf der Halterung aufschlug. Ein Glucksen, das bei gutem Willen als "Ja" interpretiert werden konnte, war die Antwort. Ansonsten spielte es keine Rolle, denn überlebensgross tauchte ein Bohrer in Fahrnis Mund, der sich mechanisch geöffnet hatte. "Scheissperspektive", dachte das Opfer, und dann fiel es ihm wieder ein, wie ein heisser Stoss ging es durch seinen Körper, während der Bohrer sich seinen Weg durch den Zahn frass: "So muss es sein, wenn du den ersten Stich abbekommen hast, unten liegst, und der Mörder noch einmal zusticht und wieder und wieder, bis du das Bewusstsein endgültig verloren hast und nur noch auf das Entweichen der Seele wartest."

Die Phantasie trug Peter Fahrni davon. Der 46jährige Berner Polizeikommissar hatte in seiner langen Dienstzeit schon genug erlebt, wovon er in einem solchen Moment zehren konnte. Seine Eingebung benötigte keine Romane mehr, die Wirklichkeit lieferte Schrecken genug. So gab er sich denn seinen Gedanken und den plötzlich zuckenden

Schmerzen hin wie ein anderer sich in die Liebe verkrallt: Es befriedigte Fahrni, die Angst zu spüren, das Ausgeliefertsein des Opfers.

Er schreckte auf, als Doktor Bertschi seiner Zahnarztgehilfin, einer eigenwilligen jungen Frau, wie Fahrni noch feststellte, Anweisungen gab, wie die Füllung vorzubereiten sei. Während der Arzt den Zahn trocknete - Fahrni stöhnte leicht -, das Loch nachher mit Leim bestrich und wartete, bis das seltsame Rattern der Mischmaschine aufgehört hatte, sprach er wie zu sich selber: "Haben Sie heute schon Nachrichten gehört, Frau Simmen? Stadtrat von Aarbach ist aufgefunden worden, mit Messerstichen tödlich verletzt, gestern abend, in der Toilette des Kursaals. Man weiss noch nicht, ob es Mord oder Selbstmord war, oder hat man inzwischen etwas Neues erfahren, Herr Fahrni?" Der Angesprochene jedoch konnte nur Gurgellaute von sich geben, er war in einer Situation, in der er immer unrecht behalten würde, was er sich nicht gewohnt war.

"Ich glaube nicht an Selbstmord", fuhr Bertschi weiter, "immerhin ist es nun das dritte Opfer innert kürzester Zeit. Zuerst diese Punkerin, dann der Bahnpolizist..." - "Zöllner", versuchte Fahrni zu sagen, drang aber nicht durch - "...und schliesslich von Aarbach. Und alle drei an einem Donnerstag im Abstand von jeweils einer Woche. Das sieht für mich wie ein ausgemachter Plan aus, glauben Sie nicht auch?" Weil er während der Frage Fahrnis Zahn mit Amalgam vollstopfte, verzichtete dieser wiederum auf eine Antwort, obwohl er als Untersuchungsleiter einiges dazu zu sagen gehabt hätte.

Was überhaupt konnte er dazu sagen? Natürlich war er gestern gegen Mitternacht aufgeboten worden, als er schon

8

zu Bett gehen wollte. Man hatte ihn direkt aus dem Kursaal angerufen. Als dort die Putzfrau einen letzten abendlichen Rundgang machte, fand sie eine Toilette abgesperrt. Seltsamerweise reagierte niemand aufs Klopfen, so dass sie sich dazu entschloss, die Tür von aussen zu öffnen. Es war ja auch schon vorgekommen, dass sich ein Drogensüchtiger eine Nadel in die Vene gejagt hatte. Einmal war einer nicht mehr hochgekommen danach. Seither wartete man nicht lange mit dem Öffnen von Türen. Aber was sich der Frau diesmal darbot, dürfte ziemlich hässlich gewesen sein: der Körper eines Mannes in den Vierzigern in einem schwarzen Anzug mit dünnen grauen Streifen. Er lag auf dem Bauch, war also auf den ersten Blick nicht zu erkennen, obwohl die Kundschaft im allgemeinen recht illuster war. Unter dem Körper des Mannes drängte sich ein hellrotes Rinnsal Blut hervor und verteilte sich über den dunklen Boden, bevor es zu einer Lache zusammenfloss, während rundum an den glasierten blauen Wandplättchen Blutspritzer zu sehen waren.

Fahrni konnte sich das Entsetzen der Putzequipe vorstellen, auch wenn der Tote von der ersten Polizeimannschaft schon abgedeckt worden war und der Fotograf seine Arbeit getan hatte. Als er das dunkle Tuch aufhob, kam ihm beinahe das Essen wieder hoch, das er schon längst verdaut glaubte. Er erkannte Olivier von Aarbach, den Stadtrat und Unternehmer, mehr noch aber: Fahrnis Freund aus der Gymnasialzeit. Er dachte zuerst an die Familie, Frau und Kinder, und daran, dass wohl er derjenige sein würde, der ihnen das Entsetzliche mitteilen musste. Er hasste seinen Beruf!

Viel war aber an diesem Abend nicht herauszubekommen, der Kommissar musste sich auf den Untersuchungsbericht vertrösten, allerdings hatte Fahrni das Messer gesehen, das an der Seite des Toten lag. Deshalb wohl überlegte er sich den Tod durch Erstechen beim Zahnarzt, verknüpfte von Aarbachs Schicksal mit seinem eigenen, auch wenn er weit besser dabei wegkam. Dann merkte er aber, dass es so doch nicht gewesen sein konnte, dass man in der Toilette nicht liegend und gottergeben auf den tödlichen Stich wartet, sondern dass man sich wehrt und schreit und lärmt, damit so schnell wie möglich Hilfe kommt. Ausser man wäre beim ersten Stich schon tot. Aber das würde sich klären lassen, dafür hatten sie Fachleute bei der Polizei. Fahrni verdrängte die Einzelheiten, weil ihm übel wurde, obwohl das Amalgam inzwischen im Zahn drinsteckte. Er vergass sogar, den Mund zu spülen, bevor er sich aufrichtete, um dem blendenden Licht zu entgehen.

Fahrni verabschiedete sich von Doktor Bertschi, der ihm noch einige nicht beantwortete Fragen und ungelöste Rätsel mit auf den Weg gab. Der Kommissar schwankte die Treppen hinunter - einen üblen Geschmack im Mund und nichts zu trinken - und trat auf die Gasse hinaus. Es war kalt, der Zahn schmerzte, und Fahrni spürte das Metall im Mund. Er verfluchte die Welt, zog den Hut tiefer ins Gesicht und machte sich auf den Weg zur Polizeikaserne.

2

Peter Fahrni schlug den Mantelkragen hoch, der Himmel war grau, und eine steife Bise wehte dem Polizeikommissar ins Gesicht. Es war der 26. Januar 1989, morgens um neun Uhr. Gestern abend war sein langjähriger Freund unter seltsamen Umständen ums Leben gekommen. Die Kälte kroch ins Herz des Polizisten hinein.

Während Fahrni durch die Strassen ging, hasteten die Menschen an ihm vorbei und hinterliessen einen nur flüchtigen Eindruck. "So wie das ganze Leben vorüberzieht und keinen Moment einhält, und Trauer und Kälte in einem hochkriechen", dachte er. Und dann erinnerte er sich an den klobigen Steinbau des Kirchenfeld Gymnasiums, in dem er als Junge Olivier von Aarbach kennengelernt hatte. Sie sassen nebeneinander während langen Jahren, eine Schulfreundschaft entspann sich, die über die Matura hinaus andauerte. Die Schülerstreiche blieben Fahrni in lebhafter Erinnerung, die hohen Klassenzimmer mit den steifen Damen und Herren, die , wenn sie ihre unduldsamen Tage hatten, Angst einflössten und nur selten ein gutes Wort für die Schüler übrig hatten, schon gar nicht für solche Lausbuben wie Olivier und ihn.

Er hatte bald nach der Matura seine Schulfreundin Simone Meyer geheiratet, eine frühe Liebe, die von Olivier nicht ohne Eifersucht betrachtet wurde. So hatten sie sich für eine kurze Zeit aus den Augen verloren. Fahrnis Ehe aber hatte nicht lange gedauert, zu verschieden waren die Interessen, vor allem konnte er es damals nicht akzeptieren, dass auch Simone ihr Lebensglück in einem Beruf und nicht nur in der Familie sehen wollte. So kam es zwei Jahre später zur Scheidung. Seitdem hatte Fahrni sich wieder regelmässig mit von Aarbach getroffen; Oliviers baldige Heirat hatte daran nichts geändert, im Gegenteil, Fahrni war von seiner Familie stets freundlich empfangen worden.

Und nun musste also er, der Versager, der keine längerdauernde Beziehung mehr aufrechterhalten konnte, zu Marianne und ihren drei Kindern gehen, als Amtsperson für einmal, und ihnen den Tod ihres Mannes und Vaters, seines Freundes, erklären. Gestern nacht schon hatte man sie mit der Hiobsbotschaft wecken müssen. Fahrni hoffte, dass sie sich inzwischen mit dem Geschehenen abgefunden hatten. Ob sie wohl eine schuldhafte Verstrickung seiner Person mit dem Tod sahen? Der Morgen kotzte ihn an.

Fahrni ging gedankenverloren vor sich hin, er latschte bei Rot über die Strasse, hörte das Hupen der Autos kaum, er überquerte den Waisenhausplatz, kaufte im Vorbeigehen eine Zeitung und bewegte sich als verlorene Figur auf das ehemalige Waisenhaus zu, die jetzige Polizeikaserne. Er grüsste kaum, als er durchs Portal trat, schlurfte den langen Gang im ersten Stock nach hinten, bis er in den Anbau kam mit seinen schmucklosen, ungemütlich kleinen Büros und dem lauten Knacken der Türen, die oft in Wut zugeknallt wurden. Wenigstens hatte er einen Platz auf der Aareseite, so dass er nicht auch noch dem Strassenlärm ausgesetzt war, dennoch achtete er nicht auf die Aussicht, als er seinen Mantel auf den einen Stuhl und sich selber in den andern warf.

Schmidt und Meister mussten schon zurück sein von der Tatortbesichtigung und vom Fahndungsdienst, die Protokolle der Gerichtsmedizin waren sicher auch schon unterwegs, trotzdem rührte sich noch nichts im Gang, wie um

Fahrni noch eine letzte Gelegenheit zur Ruhe, zur Überlegung zu geben. Er setzte sich hin und schlug die Zeitung auf: Es hatte gerade noch gereicht, den Artikel auf der Titelseite zu plazieren, obwohl der Tote doch erst spätabends aufgefunden worden war. Die Zeitung musste wohl einen ständigen Beobachter im Kursaal haben, wenn sie so kurzfristig ihren Leitartikel ersetzen konnte. Fahrni las.

3

Gestern abend kurz vor Mitternacht machte die Putzequipe des "Kursaals" eine grässliche Entdeckung. In der Herrentoilette lag ein Mann, blutüberströmt, mit einem Messer im Bauch. Die polizeilichen Ermittlungen waren vor Redaktionsschluss noch nicht beendet. Dennoch stellt sich die Frage: War es Selbstmord oder Mord?

"Als ich gestern abend die Herrentoilette reinigen wollte, bot sich mir ein grausliches Bild: Ich musste eine abgeschlossene Tür öffnen, da sah ich helles Blut auf dem Plättliboden. Mir fuhr der Schreck in die Glieder, ich konnte nichts anderes machen, als um Hilfe rufen. Es schien mir eine Ewigkeit zu vergehen, bis meine Kolleginnen und Kollegen kamen!" So schildert Johanna W. die Schreckensnacht im "Kursaal".

Bald nach der Entdeckung des Toten kam die erste Polizeistreife und sicherte den Tatort. Die Toilette war jedoch schon von vielen Gaffern in Beschlag genommen worden, die das Opfer auch schon identifiziert hatten. Olivier von Aarbach lag in seinem Blut, der allseits beliebte und bekannte Stadtrat und Unternehmer. Man konnte den Schock förmlich sehen, der sich bei der Bekanntgabe seines Namens in den Gesichtern abzeichnete.

Vorerst liess sich nur feststellen, dass Herr von Aarbach den späteren Teil des Abends im Spielcasino verbracht hatte. Weder schien er besonders betrübter Laune zu sein noch hatte er zu viel getrunken, wie verschiedene Leute übereinstimmend bestätigten. Auch war sein Weggang vom Spieltisch kaum bemerkt worden, eine Uhrzeit dafür liess sich nicht genauer festlegen.

Leider kann auch die Polizei zur Zeit noch keine genaueren Auskünfte geben. Fest steht, dass Olivier von Aarbach infolge einer schweren Bauchverletzung, die mit einem Messer zugefügt worden ist, den Tod fand. Dass er sich die Wunde selber zugefügt hat, ist nach dem Verlauf der Dinge eher unwahrscheinlich. Alles deutet auf einen Mord hin, doch wollten sich die untersuchenden Organe noch nicht festlegen.

Seltsam an diesem Vorfall scheint, dass er sich zur selben Stunde zugetragen hat wie zwei andere ungeklärte Fälle der letzten Wochen. Ebenfalls am Donnerstagabend war vor vierzehn Tagen eine drogenabhängige junge Frau bei der oberen Haltestelle der Marzilibahn erhängt aufgefunden worden. Eine Woche später war es ein SBB-Beamter, der sich in seinem Büro erschossen hatte. Die Polizei muss sich nun angesichts dieses erneuten Todesfalles die Frage stellen, ob zwischen diesen Ereignissen ein Zusammenhang bestehe und ob allenfalls zu wenig für die Sicherheit verschiedener Personen getan worden sei.

Olivier von Aarbach ist uns allen bekannt als Stadtrat der Arbeitgeberpartei. Seit sechs Jahren sass er im Parlament. Während dieser Zeit tat er sich vor allem als Verfechter der Wirtschaft hervor, aber auch als Verteidiger menschlicher Freiheitsrechte. Für ihn stand an oberster Stelle seines Handelns der Grundsatz der Unabhängigkeit des Individuums von staatlichen Einschränkungen. So verlangte er vor kurzem in einem Postulat die Abschaffung der Billettsteuer für kulturelle Veranstaltungen. Olivier von Aarbach hinterlässt neben seiner Frau Marianne drei Kinder: Anja (19), Renate (18) und Pierre (12).

Theodor Emmenegger

15

4

Fahrni schmiss die Zeitung in eine Ecke, eine unbestimmte Wut hatte sich in ihm aufgestaut. Was wohl dieser Blödsinn sollte mit "verschiedene Personen besser schützen", wen wollte man denn alles noch unter Polizeischutz stellen in dieser Stadt! Genügte es nicht schon, dass an jeder Ecke eine Bank, eine Regierungsstelle zu bewachen war? Sollte nun auch schon jeder zweitrangige Politiker personengeschützt werden, damit er nicht unbeaufsichtigt das Zeitliche segnete?

Aber dann dachte er wieder daran, dass es sich ja nicht um irgendeine Person, sondern um seinen alten Freund handelte, und er zensurierte sein Gehirn. Zum Glück hatte er das gelernt. Fahrni wurde dann zu einer Maschine, die besinnungslos ausführte, was den kriminalistischen Grundregeln entsprach, zu einer Fahndungsmaschine, deren Sinn für Nüchternheit und klare Fragestellungen über das Gewissen triumphierte.

"Wo bleiben bloss Meister und Schmidt, die müssten doch längst zurück sein und Bericht erstatten!" dachte Fahrni wütend. Er trat auf den trostlosen Gang hinaus, der Zahn schmerzte und schmeckte nach Metall. Wieder mal verfluchte er die Welt. In dem Augenblick bogen die beiden um die Ecke. Voran Hans Meister-Späth, ein Polizeibeamter, der von allen schon von weitem als solcher erkannt wurde, dahinter Walter Schmidt, dessen Körper mehr Eindruck zu machen schien als der Geist. Fahrni war heute morgen wieder besonders ungerecht.

Sie trafen sich vor der Bürotür, brummten einander ein

"Guten Morgen" zu und traten ein. "Und die Ergebnisse?" fragte Fahrni in ziemlich barschem Ton.

"Viel Neues habe ich nicht", antwortete Schmidt, "du warst ja gestern selbst am Tatort. Kurz das Wichtigste: von Aarbach muss nach acht in den Kursaal gekommen sein, vom unteren Eingang her, jemand hat ihn gesehen, wie er oben aus dem Lift heraustrat und den Weg Richtung Spielsaal einschlug. Gegessen hat er jedenfalls nicht im Kursaal, aber sein Magen war voll, wie uns der Gerichtsmediziner bestätigte. Wo er war, wissen wir allerdings nicht. Er hat dann eine Weile am Roulettetisch gestanden, gesetzt haben soll er aber nichts."

"Was heisst da, nichts gesetzt", erwiderte Fahrni ärgerlich," du willst mir doch nicht weismachen, der sei den ganzen Abend dort rumgestanden, ohne Geld ausgegeben zu haben!"

"Beruhige dich gefälligst, ich kann auch nichts für die Aussagen der Zeugen. Du tust fast so, als ob du der Tote wärst und deine Ehre in den Schmutz gezogen wäre!"

"Entschuldige, fahr bitte weiter."

"Also, gegen zehn Uhr wurde von Aarbach im Tanzsaal gesehen. Er stand auf der Empore, dort, wo sie sich vor dem Fenster auf den Boden hin senkt. Ein Bekannter hat ihn da gesehen. Er war allerdings nicht allein. In seiner Begleitung befand sich eine junge Frau, die der Zeuge aber wegen der Dunkelheit nicht richtig hat sehen können."

Fahrni brummte verächtlich auf.

Meister mischte sich ein: "Nicht jeder wird schliesslich nach einem Tête-à-tête ermordet. Und Diskretion scheint in solchen Kreisen in bezug auf Damenbekanntschaften ja üblich zu sein."

"Schliesslich hat er Familie, Frau und Kinder!" rief Fahrni erbost. Das schüchterte Meister ein, obwohl man ihm ansah, dass ihn der aggressive Ton des Kommissars nicht von seiner Meinung abbrachte.

"Beruhigt euch", schritt Schmidt ein," wir suchen ja nicht seine Geliebte, sondern seinen Mörder. Ausserdem weiss ich nicht, was es dich, Fahrni, interessieren könnte, ob von Aarbach eine gute Bekannte hatte oder nicht."

"Immerhin bin ich derjenige, der der Familie das Unglück erklären darf! Fahr weiter."

"Nach dem Treffen mit der Dame konnten wir nicht mehr viel in Erfahrung bringen. Von Aarbach ist gegen 23 Uhr nochmals im Spielsaal aufgetaucht, wieder, ohne etwas zu setzen. Er ist nur rumgestanden, hat an seinem Drink genippt. Da hat ihn dann niemand mehr beachtet. Den Rest kennst du ja. Die Putzfrau hat ihn kurz nach halb zwölf gefunden, dann kamen die ersten Gaffer, ein bisschen später die Streife, welche die Toilette erstmal abgeriegelt hat, und schliesslich wir. Der Plättliboden und die blauen Kacheln an der Wand jedenfalls sind bis heute morgen wieder blitzblank gereinigt worden, keine Spur mehr zu sehen."

"Scheiss Schweizer Putzwut!" brummte Fahrni.

"Es war eine spanische Equipe", wagte Meister einzuwenden, dem die patriotische Galle sofort hochkam bei solchen Bemerkungen seines Chefs.

Schmidt fuhr weiter:"Wir konnten auch sonst keine Spuren entdecken. Die Tür zur Toilette war von innen geschlossen, Gewaltanwendung war nicht zu sehen. Es macht ganz den Anschein, als ob von Aarbach Selbstmord begangen hätte. Was mir nicht ganz passt an der Sache, ist der ungewöhnliche Ort. Was bringt einen Politiker dazu, sich in einer halböffentlichen Toilette umzubringen? Mit etwas mehr Stil hätte er das doch an einem diskreteren Platz erledigen können. Und dann bleibt da noch die Übereinstimmung der Tatzeit mit der der beiden andern Toten der letzten zwei Wochen."

"Das hat doch nichts miteinander zu tun! Wie willst du denn den Selbstmord einer Drogenabhängigen und eines SBB-Beamten in Zusammenhang bringen mit dem Tod von Aarbachs? Das ist ein ganz blödsinniger Zufall, und es reicht mir, wenn die verdammte Presse schon darauf herumhackt, hört ihr wenigstens auf damit!"

Meister und Schmidt verstanden die Wut ihres Chefs nicht, aber sie waren sich gewohnt, in solchen Momenten zu schweigen, so räusperten sie sich nur, blieben aber ruhig. Dann ergriff Meister das Wort. Der 53jährige Detektiv, der noch nicht einmal Zeit gefunden hatte, seinen braunen Filzhut vom Kopf zu nehmen, inszenierte den Bericht der Gerichtsmedizin: "Ich war eben unten. Der Arzt meint, der Tod müsse kurz vor dem Auffinden des Körpers eingetreten sein. Zwei Messerstiche hatte die Leiche aufzuweisen. Der erste streifte den linken Lungenflügel, er führte zu schweren inneren Verletzungen, war aber nicht tödlich. Der zweite traf direkt das Herz. Der Arzt meint, wenn er das selber verursacht haben sollte, müsste er entweder vorher geübt haben oder ziemlich verzweifelt gewesen sein. Ich schliesse mich dem an."

"Kannst du mir sagen, was ausgerechnet dich dazu führt, diesen Zynismus zu teilen?" Fahrni fand den Alten heute ziemlich vertrottelt. Wie er schon dastand, in seinem grauen Regenmantel mit Filzhut. Wie die sprichwörtlich ertrunkene Maus! Und dann die Reden, die er hielt, seine Frau hatte ihm wohl an diesem Morgen zuviel "Geriavit" in den Frühstückskaffee geschüttet.

Meister spürte Fahrnis Ungerechtigkeit, hielt es aber für besser zu schweigen. Er nahm seine Brille ab, putzte sie mit dem übergrossen Taschentuch und schaute zum Fenster hinaus.

Schmidt mischte sich ein: "Viel haben wir ja nicht rausbekommen: Ein Messer, wie es Dutzende gibt, ein Toter... (diesmal verschluckte er das "Dutzende"), eine saubere Toilettenanlage und ein langweiliger Abend des Opfers. Sherlock Holmes ist auch schon tot, deshalb müssen wir uns wohl selbst behelfen. Ich schlage trotz allem vor, dass wir versuchen, die drei Toten in einen Zusammenhang zu bringen. Ob es uns weiterhilft, werden wir nachher sehen."

"Na gut", antwortete Fahrni ohne Überzeugung, "kümmert euch mal um die Daten der ersten beiden Fälle, wenn ich zurück bin, möchte ich greifbare Ergebnisse sehen. Ich gehe auf einen Kondolenzbesuch zur Familie von Aarbachs." Er quälte sich aus seinem Stuhl, griff den zerknitterten Mantel und schritt zur Tür. "Und dass mir keiner was an die Presse weitergibt!" Damit war er verschwunden, die Tür knallte von aussen zu. Schmidt und Meister zuckten die Schultern und machten sich an die langweilige Arbeit des Aktensichtens.

5

Fahrni ging zu Fuss, nicht nur, weil der Weg zu Oliviers Familie nicht lang war und man dabei noch etwas überdenken konnte, was man zu sagen hatte, sondern auch, weil es in dieser Stadt angenehmer war, zu Fuss zu gehen. Man war geschützt in den Laubengängen aus Stein, auch wenn es heute kalt war. Zuerst jedoch überquerte er den Waisenhausplatz, benannt nach dem alten Namen der Polizeikaserne. Als Waise kam sich Fahrni manchmal auch vor, alleingelassen auf der Welt mit all den abscheulichen Verbrechen. Wie wünschte er sich oft, das alles ausrotten zu können! Aber er wusste auch, dass das Leben als Polizeibeamter keine Gewähr dafür bot, vor Ungerechtigkeit gefeit zu sein.

Fahrni ging durch die Passage unter dem Käfigturm, dem alten Gefängnis, das heute ein Ausstellungszentrum ist, und bog in die Hauptgasse ein: Spitalgasse hiess sie am Anfang, vom Käfigturm abwärts bis zum "Zytglogge" Marktgasse, darauf bis zur Höhe des Rathauses Kramgasse und schliesslich Gerechtigkeitsgasse. Dort wollte er hin, in diesem immer steiler abfallenden Teil der Altstadt, wo sich die Häuser förmlich dem Fluss entgegenstürzten, bewohnte die Familie von Aarbach ein Appartement. Das konnten sich allerdings nur die Reichen leisten, und an Geld hatte es Fahrnis altem Schulkollegen nie gefehlt.

Während der Kommissar sich durch die Geschäftsstrassen treiben liess, dachte er an Olivier. Dieser hatte ein gutes Einkommen mit seiner Firma, für Frau und Kinder war sicher gesorgt. Olivier war Handelskaufmann, er importierte für den Grosshandel Kleidungsstücke aus Fernost, hauptsächlich aus Taiwan, Hongkong, Malaysia und Thailand. Dort produzierten Billigarbeiterinnen die modischen Hosen und Röcke für die europäische Massenkundschaft. Fahrni hatte darüber gelesen, über den Lohn, der unter dem von der Regierung verordneten Minimallohn lag, über das Gewerkschaftsverbot und über die Toten bei politischen Auseinandersetzungen. Nie ging das offen vonstatten, manchmal fehlte plötzlich eine Arbeiterin und wurde durch eine andere ersetzt.

Auch wenn Fahrni als Polizist keine grossen Sympathien für die Sozis und die Gewerkschaften hatte, war es für ihn doch selbstverständlich, dass er seinem Berufsverband angehörte. Schliesslich war er stolz auf die demokratischen Traditionen der Schweiz, die ja auch das freie Unternehmertum ermöglichten. Darüber gab es in letzter Zeit öfter Streit zwischen von Aarbach und ihm. Fahrni konnte sich sein Mitleid mit den südostasiatischen Arbeiterinnen leisten, sein Freund nicht. Aber über Moral zu diskutieren war sinnlos, von Aarbach kam dann jeweils auf einen Umstand zu sprechen, der Fahrni höchst unangenehm war, eine Sache, aus der er schon längst hatte aussteigen wollen. Jetzt war vielleicht die letzte Gelegenheit dafür da. Und nun konnte er mit keinem mehr darüber sprechen.

Als die Strasse abzufallen begann, schrak er aus seinen Gedanken auf, er hatte sein Ziel beinahe erreicht. Er verlangsamte den Schritt, zögerte einen kurzen Moment vor der Haustür, aber schliesslich hatte er sich nichts vorzuwerfen. Er schritt also die Treppe hoch und klingelte. Marianne erwartete ihn schon. In ihrem Make-up sah man die Spuren der Tränen, sie schien den Schock noch nicht überwunden zu haben. Wahrscheinlich waren die Kollegen von der

22

Nachtschicht nicht gerade zimperlich gewesen. Fahrni wurde in die Wohnung gebeten, wo auch Oliviers Töchter Anja und Renate sassen. Der 12jährige Pierre mochte in der Schule sein, wo ihn die anderen aber sicher bald vom Tod seines Vaters unterrichten würden.

Fahrni trat ins Wohnzimmer, das rundum mit dunklem Holz ausgelegt war, die Innenausstattung stammte aus dem 18. Jahrhundert, wie Olivier jeweils stolz bemerkt hatte, kein ausgehöhltes Renovationshaus also. Nur schien jetzt das Leben ausgehöhlt worden zu sein. Erwartungsvoll schauten die drei Frauen ihn an, aber keine sagte ein Wort. Fahrni war es unwohl. Erst zuckte er die Achseln, dann begann er zu sprechen.

"Ihr wisst ja nun inzwischen, was mit eurem Vater geschehen ist letzte Nacht. Ich kann euch kaum sagen, wie leid es mir tut um ihn. Nicht nur ihr habt euren Mann und Vater, auch ich habe einen Freund verloren. Aber in diesem Moment kann ich euch wohl kein Trost sein." Er räusperte sich, wie von ferne hörte er Renate weinen, während Anja ihn trotzig ansah aus ihrem Sessel heraus: "Was habt ihr festgestellt?"

Fahrni stockte der Atem. Diese Härte aus ihrer Stimme hatte er nicht erwartet. Er war nicht mehr zu einem Beileidsbesuch hier, es schien, als sei er bei einem Verhör der Angeklagte. "Leider kann ich euch nicht viel Neues berichten. Alle Umstände deuten darauf hin, dass euer Vater, dein Mann, Marianne, sich das Leben genommen hat."

"Unmöglich", schrie Renate, "das würde er niemals tun."

"Daran zweifeln wir ebenfalls. Auch wenn er es gewollt hätte, scheint uns der Kursaal ein ziemlich ungeeigneter Ort dafür. Leider haben wir da schon die unmöglichsten Dinge erlebt. Für einen Selbstmord sprechen aber die ganzen Tatumstände. Zum Beispiel war die Toilette, in der Olivier gefunden wurde, von innen abgeschlossen. Allerdings ist die Verletzung nicht von einer Art, die man sich selber beibringen würde. Auch ich glaube nicht an einen Selbstmord. Aber ich habe keinerlei Anhaltspunkte für einen Mord. Wüsstet ihr ein Motiv dafür?"

Fahrni sah nur ein beleidigtes Staunen auf den Gesichtern, Marianne musste sich auf das Sofa setzen. Sie sagte: "Du weisst doch besser über seine geschäftlichen Beziehungen Bescheid als wir. Uns hat er nur selten Details davon erzählt. Und auch darüber, wo er sich aufgehalten hat, wenn er nicht zuhause war, solltest du besser im Bilde sein. Du weisst, dass Olivier uns immer sehr umsorgt hat. Aber er war so oft weg, dass ich dir beim besten Willen keine Auskunft über seinen Umgang ausser Haus geben kann."

Fahrni fühlte sich unbehaglich, zu viel lastete auf seiner Person. Er spürte, dass er die Familie ihrem Schicksal überlassen musste, hier konnte er keine befriedigenden Antworten geben. Er bat um das Notiz- und das Adressbuch seines Freundes. Beides wurde nach kurzer Suche in der Schreibtischschublade im Arbeitszimmer gefunden. Fahrni nahm es an sich und verliess das Haus, nicht ohne den Vorwurf in den Augen der Frauen gesehen zu haben. Seine Person wurde mit dem Tod des Familienvaters in Zusammenhang gebracht.

Der Kommissar ging auf direktem Weg zur Polizeihauptwache zurück, fand dort aber niemanden vor. Er steckte die Bücher, die auf den ersten Blick nichts Auffälliges enthielten, in sein Pult und machte Mittagspause. Fahrni fürchtete sich vor dem Nachmittag, an dem alles auf ihn einstürzen würde, die Presse, die Vertreter der Arbeitgeberpartei, der Polizeipräsident, alle würden sie von ihm Aufklärung erwarten. Er sah sich schon den Schlagzeilen gegenüber, die seine Unfähigkeit geisselten, die Personenschutz und vielleicht sogar Bürgerwehren forderten. In einem Rechtsstaat konnte man dem natürlich nicht nachgeben. Aber wie sollte er das begründen können?

6

"Jetzt hast du deinen letzten Freund verloren, Fahrni! Wie lange wirst du noch durchhalten und dein schmutziges Spiel treiben können? Du erinnerst dich: Ihr wart zu viert, als ihr euch das letzte Mal getroffen habt. Das war vor drei Wochen. Du wusstest von der Gefahr zu berichten, die euch drohte. Aber die wäre nun ausgeschaltet, die würde sich nicht mehr um euren Kram kümmern können.

Wie war das damals, als ihr mich in die Polizeischule aufgenommen hattet? Die gleichen Rechte wie ihr sollten wir Frauen haben, dieselben Aufstiegs- und Weiterbildungschancen. Aber wie sah dann die Wirklichkeit aus? Natürlich, der Lohn war derselbe. Aber in jeder Minute gabt ihr mir zu verstehen, dass ich als Kollegin, das heisst als Frau, geschätzt werde, aber dass meine Arbeit halt doch zweitrangige Arbeit bleiben müsse. Eine Frau habe schliesslich weniger Kraft, deshalb könne sie auch nur zu weniger anspruchsvollen Arbeiten herangezogen werden!

Das war eure Ansicht, so blieb mir schliesslich hauptsächlich die ungeliebte Büroarbeit. Und als ich das eine Mal mit einer Untersuchung etwas vorangekommen bin, da hast du, Fahrni, mir gesagt, ich solle mich aus deinem Ressort raushalten. Aber da hatte ich schon zu viel Material auf der Seite, um mittendrin aufzuhören. So habe ich weitergefahndet und dabei auch Erfolg gehabt. Dieser Erfolg war dir dann zuviel. Du hast mich rausgeekelt aus der Polizei, die ganze Ausbildung war vergebens. Schiessen lernen musste ich, Trainingsmärsche und Waldläufe waren zu bestreiten, juristischen Unterricht, Psychologie und Instruktion in Tatbestandsaufnahme habe ich auf mich genommen. Und das alles sollte ich wieder wegwerfen, Hunderte von Stunden härtesten Trainings, Angst, Schmerzen und Müdigkeit, körperliche und seelische Erschöpfung...

All das hat mich härter gemacht, hat es mich auch menschlicher gemacht? Menschlicher als euch, die ihr in einem Verdächtigen nur noch den Täter zu sehen vermögt und nicht mehr den Menschen, der dahinter steckt? Aber die Fragen stellte ich mir wohl zu spät. Vor der Ausbildung wären sie am Platz gewesen. Immer wieder schien es mir auch, ich könnte es besser machen. Aber dann warst du da, der dauernde Bremser, der mir immer wieder auf die Finger klopfte. Daran bin ich schliesslich zerbrochen, nicht an den Anforderungen des Berufs. Aber meinen Fall, meinen!, Fahrni, wollte ich noch zu Ende führen. Wenn nicht in der Polizei, dann zumindest ausserhalb.

Es wird mir auch langsam klarer, warum du mich draussen haben wolltest aus dieser Geschichte. Auch wenn mir die letzten Details noch fehlen, du kennst sie näher, und du wirst auch die noch preisgeben müssen! Von Aarbach war sowieso fällig, das Interview mit dem Burschen war angesetzt, als ich ihn im Kursaal traf, am letzten Donnerstag. Du weisst wohl noch nicht, dass ich es war, auch wenn dir bestimmt schon der Gedanke daran durch den Kopf gegangen ist.

Ja, ich habe den Schleimer getroffen, zufällig, ich wollte ihn erst später hochnehmen, als Schlussbouquet sozusagen, aber er konnte mir nicht mehr ausweichen. Zu auffällig bin ich um ihn herumgeschlichen an jenem Abend im Kursaal. Er hat mich angesprochen als ein leicht zu fangendes Wild, ein Stück Fleisch als abendliche Beute. Im Kursaal war ich nicht so leicht zu betatschen, da kannten den feinen Herrn zu viele Leute. Ich bin auch nicht so anfällig auf diese Krawattentypen, die Spät-Yuppies mit Frau und Kindern zu Hause. Schon seine Hände, die er dauernd rieb, während er mir mit süsslichem Grinsen Dummheiten vorquatschte... zum Kotzen. Aber ich machte mit.

Verführerische dunkle Augen im schummrigen Licht, ein direkter Blick aus leicht gesenktem Kopf, und der Typ kommt ins Kochen! Von Aarbach hat meine Haare bewundert, meinen Körper mit seinen Augen fast gefressen und mich schliesslich zu einem Drink eingeladen. Ich sei ihm aufgefallen, er hätte den Eindruck, ich sei schon den ganzen Abend hinter ihm her. Observation war schon auf der Polizeischule nicht mein stärkstes Fach. Aber vor einer schönen Dame haben diese Herren keine Angst. Was soll die schon bewirken können! Das war mein Vorteil, den ich weidlich ausgenützt habe.

Du wirst das sehr unmoralisch finden, Fahrni, aber schliesslich hatte ich es mit einem unmoralischen Menschen zu tun, mit einem Typen, der für den Tod zahlreicher anderer verantwortlich war, wenn auch "nur" indirekt, als Folge seines schmutzigen Geschäfts. Er schwafelte also von seinen Firmenreisen in den Fernen Osten, nicht einmal zum Schwärmen von den asiatischen Schönheiten war er sich zu schade, während er doch gleichzeitig eine Bernerin aufreissen wollte. Was die Typen sich jeweils vorstellen! Aber ich gab mich beeindruckt, fragte ihn so manches aus, was er mir bei einer anderen Gelegenheit nie erzählt hätte.

Du wirst dich wundern, Fahrni, von Aarbach war in den letzten zwei Jahren regelmässig in Thailand. Alle drei Monate. Mit einem Diplomatenpass als Konsularbeauftragter des Sultans von B.. Nicht in den Puffs von Bangkok,

sondern in Chiang Mai, der Hauptstadt des Goldenen Drei-
ecks. Klickt's bei dir, Fahrni? Dein Freund als Organisator
von schmutzigen Geschäften, von Todesdiensten. Sagt dir
"Heroin" etwas, Salonpolizist, oder "Waffenhandel"? Beim
zweiten bin ich mir zwar nicht ganz sicher, aber wofür wohl
hatte von Aarbach den Pass aus B.? Der Sultan gibt die
Dinger nicht aus lauter Lust ab. Du kannst dich vielleicht an
den Waffenhandel mit der nicaraguanischen Contra erinnern, als ihm zehn Millionen in einer Genfer Bank ertran-
ken. Irgendwie muss das Spiel ja weiter gehen! Und von
Aarbach war dafür ein geeigneter Vermittler. Dass er ne-
benbei noch Geschäfte auf eigene Kosten machte, das war
sein persönliches Risiko.

Woher ich das alles weiss? Nachforschungen in der
Szene, Spekulation und Spiel. Ein Spiel, für das sich dein
Freund jederzeit begeistern konnte, nur nicht in jener Nacht
im Kursaal, was dir inzwischen auch schon aufgefallen sein
dürfte. Ich habe ihn davon abgehalten, ihn erzählen lassen
von den kleinen Thailänderinnen, die im Norden noch als
Jungfrauen zu kaufen waren, während in Bangkok nur noch
der Abschaum auf die wenigen Matrosen wartete. Dafür
war sich ein von Aarbach natürlich zu schade.

In einsamen Bootsfahrten besuchte er jeweils die "ur-
tümlichen Bergstämme", wie er sich auszudrücken pflegte,
die Meos und Karen, die die Grenzen zu Burma und Laos
kontrollieren, die bewaffneten Banden und Privatarmeen,
die vor nichts zurückschrecken. Aber den von Aarbach
haben sie freundlich aufgenommen, ihm ihre Heroinkü-
chen gezeigt. Nur kosten wollte er von dem Zeug nichts,
und kaufen auch nicht, fügte er bei. Aber dann muss es ihm
gedämmert haben, dass er mit seinen Erzählungen doch

etwas zu weit gegangen war. Er wurde nervös, bestellte sich noch einen Drink, mich dabei völlig übersehend, und verabschiedete sich schliesslich, ohne noch weiter an mir rumzumachen.

Du weisst selber, Fahrni, dass man in diesen Momenten den wunden Punkt getroffen hat, dass die Spekulation zur Gewissheit wird, auch wenn sie noch nicht zu beweisen ist. Von Aarbach entfernte sich dann, ich blieb sitzen und versuchte, ihn nicht aus den Augen zu lassen. Wie es schliesslich ausgegangen ist, weisst du ja inzwischen. Glaub bloss nicht, ich wäre so blöd gewesen, den Typen umzulegen, wo ich doch soeben den entscheidenden Schritt vorwärts gemacht hatte in meinen Ermittlungen. Nein, da musst du dir schon jemand anders suchen. Es waren ja auch noch andere Damen und Herren da, eifersüchtige vielleicht? Aber darüber weisst du immer noch besser Bescheid als ich. Auch das wirst du mir zu gegebener Zeit noch erzählen können..."

Ariane Beer schreckte auf, hatte sie nicht eben ein Klopfen an der Tür gehört? Ach was, sie war immer noch nervös, schliesslich hätte jeder vernünftige Mensch geklingelt und nicht an die Tür geklopft. Aber es gab auch die andern, also raffte sie sich hoch vom Bett, ging mit leisen Schritten zur Tür und schaute durch den Spion nach draussen. Aber da war niemand. Sie ging langsam zurück ins Schlafzimmer, der dichte Teppich dämpfte die Töne in der Wohnung und wärmte gleichzeitig die nackten Füsse.

Verwirrt schüttelte Ariane den Kopf. Dass sie so folgerichtig träumen konnte, so dass sie ihrem Widersacher alles erzählen würde, hatte sie nicht gewusst. Wahrscheinlich schlief sie längst schon nicht mehr richtig. Das Kopfkissen bot einen entsprechend zerknäulten Anblick, die Decke war auf der rechten Seite vom Bett runtergerutscht. Ariane setzte sich auf den Rand der Matratze und zog den einen Fuss aufs Bett hoch, bis er den andern Oberschenkel auf der Höhe der kurzen Pyjamahose berührte. Mit einem leichten Schauern dachte Ariane an jenen Abend mit von Aarbach. Sie hasste diese Aufreisserei, auch wenn sie auf ihren Körper stolz war und ihn bei anderer Gelegenheit gerne zeigte. Aber da musste dann schon mehr dahinter stecken als ein Flirt für eine kurze Nacht.

Sie strich sich mit der Hand durch den wirren dunkelbraunen Schopf schulterlanger Haare. Sie waren dicht und störrisch, ein wenig unbeherrscht, wie die einer behenden Katze, die ihren eigenen Willen hatte. So gefiel sich Ariane, mit diesem Gefühl öffnete sie die Pyjamabluse und strich mit ihren Händen über die festen, kleinen Brüste. Das löste eine Empfindung ungeheuren Wohlbehagens in ihr aus, sie konnte ihren ganzen Körper durchstrecken, dehnen und biegen und machte sich so bereit für einen Tag, der ihr noch viel Arbeit und Aufregung bringen würde.

7

Die beiden Detektive hatten sich die Fälle aufgeteilt, über die sie dem Chef Bericht erstatten sollten. Was man vor zwei Wochen noch auf die lange Bank schieben konnte, eilte mal wieder. So durfte nun Walter Schmidt eine Samstagsschicht einlegen, ein Greuel, hatte er doch seiner Freundin versprochen, mit ihr Skifahren zu gehen. Nun sass er am frühen Morgen in seinem Büro und studierte Akten, obwohl er sich doch eigentlich noch recht genau an jene Nacht erinnerte.

Vor gut zwei Wochen war's, am Donnerstag, dem 11. Januar, als er gegen Mitternacht aus dem Bett geholt wurde. Weder Fahrni noch Meister-Späth war aufzutreiben gewesen, so musste er als Jüngster dran glauben, als man das Mädchen fand. Er setzte sich ins Auto und raste zur Bundesterrasse, immer darauf bedacht, auf der eisglatten Strasse nicht ins Schleudern zu kommen. Die Kollegen der Nachtstreife erwarteten ihn schon, frierend und fluchend. Ein anonymer Anruf hatte sie hierher gelockt, sonst wäre es keinem von ihnen in den Sinn gekommen, auf Streife zu gehen in diesem windausgesetzten Teil der Stadt.

Immerhin befanden Schmidt und seine Kollegen sich im Bereich des Bundeshauses, das Parlamentsgebäude galt als sicherheitstechnisch labiler Bereich, auf den besondere Sorgfalt gelegt werden musste. Nun war es allenthalben bekannt, dass sich hier Stricher und Drogensüchtige rumtrieben, die ganzen Nächte hätte man sich um die Ohren schlagen können mit der Bewachung der Gegend, ohne mit wesentlichen Erfolgen rechnen zu dürfen. Es gab einfach zu viele stille Ecken hier und nur wenige zufällige Passanten.

Da fiel man als Polizist schon von weitem auf.

Schmidt begab sich also zur Haltestelle der Drahtseilbahn ins Marzili. Dort standen Moser und Breitinger und ein aufgeregter älterer Mann, den Schmidt nicht kannte. Offenbar hatten sie jemanden von der Bahn aufgetrieben. Er ging auf die Bergstation zu, die erst vor wenigen Jahren renoviert worden war, allerdings wirkte die Glas-Stahl-Konstruktion jetzt als störender Fremdkörper auf der ansonsten architektonisch einheitlichen Terrasse.

"'n Abend, Schmidt", sagte Moser mit vor Kälte klappernden Zähnen, "komm mit." Er zog ihn hinein in die Station, neben der Zahlstelle vorbei und auf der andern Seite wieder aus dem Gebäude hinaus. Eine steile, vereiste Wendeltreppe musste er runtersteigen, das Eisen machte den Weg aalglatt, und Schmidt setzte vorsichtig Fuss vor Fuss. Etwa in der Hälfte der Treppe sah er es, er erschrak, ihm wurde schlecht, und er musste sich am Geländer halten, um nicht in einem Schwindelanfall nach unten zu stürzen.

An einem Strick, der an der Schweissstelle zwischen Geländer und Eisentreppe neben dem Bahngeleise angebunden war, hing ein Mensch, eine Frau, wie Schmidt nach einem zweiten Blick knapp feststellen konnte. Es war schwer, sich vorzustellen, wie sie hier heraufgeklettert sein konnte. Entweder musste sie bei der Gärtnerei den Zaun überwunden haben, aber dann war sie gezwungen, sich an der Eisentreppe hochzuziehen, was bei der Kälte äusserst mühsam war. Oder sie hatte sich bei der Talstation über die Abschrankung geschwungen und war die Treppe hochgestiegen bis zum Ende der Schienen, bis der Abstand zum Boden hoch genug war, um einen Strick zu befestigen und sich daran hinabzulassen.

Schon der Gedanke daran hatte Schmidt damals erschreckt. Wie konnte ein Mensch so weit kommen, sich in einer kalten Winternacht gegen 24 Uhr an einem Seil von einer Eisentreppe herab in den Tod gleiten zu lassen? Denn dass dies ein Selbstmord - wenn auch unter ungewöhnlichen Umständen - war, daran gab es für den jungen Polizisten keinen Zweifel. Übrigens auch sonst für niemanden. Der Gerichtsmediziner diagnostizierte Tod durch Ersticken am Strang, kaum eine Stunde, bevor die Frau aufgefunden worden war. Ausserdem waren keinerlei Anzeichen für Fremdeinwirkung vorhanden. Auch Fahrni lobte Schmidts saubere und rasche Abklärungen, so dass der Fall bald schon abgelegt werden konnte. Die Zeitungen hielten ihn auch nur einer kurzen Notiz wert, was bei der üblichen Sensationsgier doch eher erstaunte.

Heute erst war Walter Schmidt gezwungen, sich mit dem Fall neu auseinanderzusetzen und Hypothesen zu überprüfen, die damals gar nicht zur Diskussion gestanden waren. Alles schien so klar. Er las den Untersuchungsbericht nochmals. Es war wenig Aussergewöhnliches, aber das wenige genügte, um jetzt Schmidts Aufmerksamkeit darauf zu lenken.

"Der Strick mit dem relativ grossen Durchmesser von einem Zentimeter war in fachkundiger Art und Weise geknüpft, mit einem Knoten versehen, der sich bei Belastung stärker zuzieht (sogenannter Henkersknoten). Durch den Fall liess der Körper, der fest in der Schlinge hing, den Knoten sich selber so stark zuziehen, dass wir die grösste Mühe hatten, ihn wieder zu öffnen."

Wie konnte also Susanne Weibel, die neunzehnjährige junge Frau (sie wurde erst zwei Tage später identifiziert), einen so harten Strick in der Kälte der Nacht auf diese fachmännische Art zugezogen haben? Schmidt wusste sich keinen Reim darauf zu machen, hatte er doch die eher zierliche Gestalt in der Gerichtsmedizin gesehen.

Schliesslich machten die Kollegen noch eine zweite bemerkenswerte Feststellung: "Kurz vor Eintritt des Todes muss die Frau eine nicht unbedeutende Dosis Heroin zu sich genommen haben. Am linken Arm findet sich nahe der Ellbeuge eine unsaubere Einstichstelle, bei der mehrfach probiert worden ist, die Nadel anzusetzen, während einige wenige ältere Einstiche auf eine gewisse Präzision beim Spritzen hindeuten. Entweder ist der letzte "Schuss" mit einer stumpfen Nadel gespritzt worden oder die junge Frau war auf Entzug, so dass sie das Warten auf die neue Dosis kaum mehr ausgehalten hat. Nach der Menge des Heroins zu schliessen, hätte es die letzte Injektion sein können, das Rauschgift scheint von überdurchschnittlich grosser Reinheit gewesen zu sein. Offenbar war sie sich dieser Tatsache jedoch nicht bewusst, sonst hätte sich die grausige Art des Selbstmords, vielleicht in verzweifelter Lage begangen, erübrigt."

Auch wenn der Arzt bestimmt recht hatte, Schmidt kamen diese Untersuchungsberichte immer wieder makaber vor. Da musste man mit dem Leben eines jungen Menschen umgehen wie beim Verfassen des Protokolls nach einem Blechschaden. Aber der Tod war nun einmal brutal, darüber hatte er sich in seiner Polizistenlaufbahn schon mehrfach hinwegsetzen müssen. Zweifel begannen nun in seinen Gedanken zu wühlen: "Was, wenn er damals zu voreilig auf Selbstmord geschlossen hatte, wenn eine genauere Untersuchung, die nicht mehr nötig schien, andere

Spuren gebracht hätte, zum Beispiel Hinweise auf einen Mord, Hinweise, die jetzt vertuscht waren? Wäre dann er, Walter Schmidt, mitschuldig, weil er seine Aufgabe im Hinblick auf einen schnellen Triumph zu wenig ernst genommen hatte?" Er verdrängte diese unangenehmen Gedanken wieder und machte sich auf die Suche nach Einzelheiten, welche die bisherigen Untersuchungen in Zweifel ziehen konnten.

Da war der Strick, dann aber auch diese Überdosis Heroin (war es das wirklich oder nur eine erhöhte Reinheit des Stoffes?), ein doppelter Selbstmord also? Weshalb dann aber dieser unsaubere Einstich? Wenn er mal die Hypothese des Mords durchspielen wollte, was sprach dann dafür, wie hätte es sich abspielen können? Offenbar war Susanne Weibel heroinsüchtig, wenn auch aufgrund der geringen Anzahl der Einstichstellen noch nicht sehr lange. Auf dem totalen "Turkey" konnte sie wohl noch nicht sein. Sie hatte sich also an jenem Abend auf der kleinen Schanze aufgehalten, dem der Bundeshausterrasse angegliederten Park, in dem sich die Obdachenlosen und Rauschgiftsüchtigen treffen. Dort oder in der Nähe davon hatte sie gegen 22 Uhr eine Nadel in die Armvene gesetzt bekommen, offensichtlich von einem Amateur geführt, vielleicht sogar gegen ihren Willen? Das schien Schmidt an den Haaren herbeigezogen. Nachher müsste sie der grosse Unbekannte irgendwie dazu gebracht haben, über den Zaun zu klettern und am Bahngeleise und dem Eisengeländer rumzuturnen, einen Strick festzumachen und sich daran herunterzulassen, nicht ohne zuvor den Kopf in die Schlinge gesteckt zu haben. Oder war die Frau schon so geschwächt vom Rauschgift, dass sie als willenloses Opfer geschleppt oder getragen werden musste? Das wäre eine grosse Arbeit gewesen für einen einzelnen. Vielleicht waren es aber mehrere Täter?

Und dann der anonyme Anruf. War das jemand, der das ganze beobachtet hatte? Aber warum hat er dann nur die Tote, nicht aber den Mord gemeldet? Oder war es jemand, der zufällig mal über die Böschung runtergeblickt hat um diese Nachtzeit? Irgendetwas war faul an der Sache, aber Schmidt wusste nicht was. Es war eher ein Gefühl denn ein Hinweis, die Überlegungen hatten gezeigt, dass ein bisschen viel Spekulation vonnöten war, aus dem Selbstmord Susanne Weibels einen Mord zu konstruieren. Aber Schmidt würde die Details nicht mehr vergessen, genausowenig, wie er das Gesicht der jungen Frau vergessen könnte. Ihre Augen sahen ihn weit und starr geöffnet an, die braune Iris lag in mattem Licht unter den strähnigen schwarzen Haaren, und vom Schreck gezeichnet stand der Mund leicht offen, die Lippen grün geschminkt, die Wangen von der Kälte des Todes blau verfärbt. Sie musste eine attraktive Frau gewesen sein mit ihren herben Zügen.

Schmidts Gedanken waren nun mehr vom Mitleid gezeichnet, und dieses Mitleid brachte ihn dazu, der Logik der Ermittlungen nicht allzusehr nachzugeben. Fast schien ihm ein Mord der unruhigen Jugend angemessener als eine kalte Selbsttötung. Er stand von seinem Schreibtisch auf und trat hinaus ins Sonnenlicht, das jedoch den Tag nicht wärmte. Das Licht aber, das durch die Stadt flutete, versöhnte Schmidt ein wenig mit der Welt. Seine Freundin würde aufs Skifahren verzichten müssen, während er den Spuren einer toten Frau folgte, die ihn immer mehr gefangenhielt. Fast ohne es zu merken, hatte er die Stadt durchquert und war auf der Bundeshausterrasse angekommen. Er schleuste sich in den Trubel der Leute ein, die den schönen Tag nutzten zu einem Spaziergang nach dem Einkauf und alle keine Ahnung hatten vom Unheil, das hier vor kurzem geschehen war.

Schmidt sah die vom Westwind zerzausten Bäume, die auf dieser Seite einen zuckrig glänzenden Schneemantel trugen, während sie auf der Ostseite frühlingshaft kahl wirkten. Die Bergstation war umringt von Nadelholz, es war also gar nicht so einfach, hinunterzusehen zum Ort, an dem Susanne Weibel gefunden wurde. Unmöglich war es nicht, aber es gehörte eine genaue und konzentrierte Beobachtung dazu, was nur jemand machen konnte, der vom Geschehen eine Ahnung hatte. Das weckte erneut Zweifel in Schmidt, und er beschloss, eine Fahrt mit der Bahn zu machen. Um 6.30 Uhr morgens war der erste Kurs, dann nach Bedarf, bis abends um 21 Uhr der letzte "Zug" sich in Bewegung setzte. Also war genug Zeit, um nötige Vorarbeiten zu erledigen. Am besten wäre es zu machen, wenn jemand einen Schlüssel zum Gebäude besässe, aber das hatten, soweit Schmidt bekannt war, nur die Angestellten der Bahn, und die waren von jedem Verdacht befreit worden.

Er löste eine von den gelben Plastikfahrkarten und liess sich hinuntertragen ins Marzili-Quartier, das dominiert wurde von älteren, zum Teil renovationsbedürftigen Wohnbauten. Gegenüber der Talstation stand als nostalgisches Objekt eine alte Holzkabine der Marzilibahn, ein vorteil-

hafter Anblick im Vergleich zu den heutigen rotgestri-
chenen Metallkästen. Das eidgenössische Verwaltungsge-
bäude im Hintergrund zerstörte allerdings jeden Anflug
von Vergangenheitsromantik.

Am alten Kiosk an der zugigen Ecke kaufte sich Schmidt
die Samstagausgabe der Zeitung, die jedoch nichts Neues
zum Fall "von Aarbach" zu berichten wusste. Nur der
Nachruf auf den "tüchtigen, integern Politiker" nahm zwei
Spalten der Titelseite ein. Damit war ja zu rechnen. Schmidt
hatte von Aarbach nicht gekannt, aber nach ihrem Tode
stellten sich die meisten Politiker als im Grunde rechtschaf-
fene Frauen und Männer heraus, die für ihre Wähler (und
auch alle andern) stets nur das beste gewollt und getan
hatten.

Es zehrte ein wenig an Schmidts Nerven, dass von
Aarbach diese Bestätigung im Tod erhielt, während Susanne Weibel keiner positiven Erwähnung würdig war. Und
eine leise Sehnsucht nach der Unbeschwertheit der Jugend
tauchte in Schmidt auf, ein Ziehen in der linken Körpersei-
te, obwohl er längst wusste, dass nichts so gradlinig lief, wie
man es sich immer vorgestellt hatte. Er zog aus seiner
Mantelinnentasche einen Zettel, den er bei der Toten gefunden und nicht zu den Akten gegeben hatte. Darauf hiess es:
"Das Leben ist eine Nacht zwischen Schmerzen, Tränen,
Verzweiflung und ekstatischer Lust!"

8

Auch Hans Meister-Späth, den 53jährigen Fahnder der Berner Stadtpolizei, traf es an diesem Samstag. Nachdem er mit seiner Frau Lotti, mit der er schon fast dreissig Jahre lang glücklich verheiratet war, am Morgen die Einkäufe fürs Wochenende erledigt hatte, begab er sich nach dem Mittagessen ins Büro. Er fand sich allein im Gebäude, offenbar war Schmidt mit seinen Ermittlungen schon fertig, ihn selber trieb keine Eile. Er legte seinen Hut auf die Ablage, zog den Winterregenmantel aus und setzte sich an seinen Schreibtisch. Bevor er mit der Arbeit beginnen konnte, musste er allerdings noch die von der plötzlichen Wärme beschlagene Brille reinigen. Dann machte er sich ans Studium der Akten.

Alle drei waren sie am Freitag, dem 19. Januar, in die Dépendance der SBB-Generaldirektion gerufen worden, wo man am frühen Morgen den Bahn-Zolltechniker Stefan Wälti-Kroll tot aufgefunden hatte. Sie kamen zum massigen Sandsteinbunker in der Länggasse, als eben der Arbeitsverkehr richtig einsetzte. Der "Palast" war vor kurzem renoviert worden, allerdings nur aussen, wie sich schnell feststellen liess. Innen waren die Arbeiten entweder noch im Gange oder eine Verbesserung nicht vorgesehen. Eine alte Stechuhr mit den Anwesenheitskarten verstellte den direkten Zugang zu den Gängen, die muffig, altbraun gestrichen und voller Kästen waren, in denen sich Akten und Staub ansammeln musste.

Es dauerte eine gewisse Zeit, bis sie im zweiten Stock das Büro von Wälti-Kroll fanden. Die Tür stand offen, nervöse Angestellte diskutierten rauchend im Gang, doch

Meister hörte nicht, was sie einander zuflüsterten, als die drei Polizisten sich ihren Weg bahnten. Wälti-Krolls Arbeitsraum schien sich in nichts von den Hunderten anderer im selben Gebäude zu unterscheiden: schweres Holz, klobiges Pult und ein heller Anstrich, der dem ganzen ein klein wenig an Freundlichkeit mitgeben sollte. In sich zusammengesunken auf seinem alten, hölzernen Bürostuhl mit halbrunder Lehne sass ein Mann, von dem im ersten Moment nur der Rücken zu sehen war. Auf dem gepflegten hellen Anzug breitete sich ein dunkler Fleck aus.

Der Kopf des Mannes lag auf dem Schreibtisch, leicht zur Seite geneigt, die Augen standen offen, wie wenn sie jemanden anklagen würden. Die Beine waren unnatürlich abgewinkelt in einer letzten Drehung des Stuhles, die Füsse schräg gegeneinandergestellt. Meister mochte nicht hinsehen, er überliess die Detailarbeit den Spezialisten. Die hatten dann auch bald herausgefunden, dass der Tote durch einen einzigen Schuss, der das Herz getroffen hatte, ums Leben gekommen sein musste. Die Gerichtsmedizin stellte später als Todeszeit den Donnerstagabend um 23 Uhr fest. Deshalb musste Meister sich jetzt nochmals mit dem Fall beschäftigen.

Für ihn war es klar gewesen, dass der Mann Selbstmord begangen hatte. Wer sonst könnte ihm in der späten Donnerstagnacht aufgelauert und dann das Gebäude unbemerkt verlassen haben? Immerhin wurde nicht festgestellt, dass einer der Eingänge unverschlossen gewesen wäre. Auch lag die Waffe, aus der der tödliche Schuss abgegeben worden war, direkt neben dem Toten. Meister nahm sie in die Hand, sorgfältig mit einem Taschentuch umwickelt. Auf den ersten Blick stellte er fest, dass es eine 9mm

Parabellum der Schweizerischen Industriegesellschaft SIG war, eine der ehemaligen Ordonnanz-Waffen der Schweizer Armee, die präziseste Armee-Pistole der Welt mit anerkannt bester Handlage. Auch war die Auftreffenergie wesentlich grösser als bei einer normalen Pistole, deshalb war die Sicherheit für einen wirkungsvollen Treffer gewahrt. Mit leiser Bewunderung betrachtete Meister die Waffe, fast schien er zu vergessen, dass sich erst vor ein paar Stunden ein Mensch damit umgebracht hatte. Mit einem Seufzer legte der Fahnder die Pistole in den Plastiksack zur genaueren Untersuchung.

Ungeklärt war damals die Frage geblieben, woher Wälti-Kroll die Waffe hatte. Es stellte sich zwar schnell heraus, dass er Oberleutnant der Schweizer Armee war, aber als Ordonnanz-Waffe hatte die Parabellum seit einiger Zeit ausgedient. Auch als Waffensammler war der Tote nicht bekannt, und auf dem freien Markt waren diese Pistolen eher als Liebhaberstücke zu kaufen denn als günstige Erwerbung für Selbsttötungen. Aber an Geld schien es dem SBB-Beamten nicht zu fehlen, so dass man die Sache auf sich beruhen liess. Aufgrund der klaren Ergebnisse am Tatort war an einem Selbstmord nicht zu zweifeln, auch die Schmauchspuren auf der rechten Handinnenfläche des Toten waren vorhanden. Sogar ein Linkshänder hätte aus dieser kurzen Distanz einen tödlichen Schuss mit seiner Rechten abgeben können.

Meister fand auch jetzt noch keinen Grund, an den Schlussfolgerungen der Untersuchung zu zweifeln. Dennoch hatte er sich nochmals um das Ereignis zu kümmern, darin war er gewissenhaft. Er beschloss, einen Besuch bei Wälti-Krolls Frau zu machen. Die Kollegen hatten sie nur kurz aufgesucht. Jetzt, nachdem die Beerdigung vorbei war, schien eine Visite möglich. Meister musste sich dazu ins Weissenbühl-Quartier begeben, nachdem er sich telefonisch der erstaunten Frau angekündigt hatte. In einer Seitenstrasse fand er ein mittelgrosses Haus mit reichlichem Garten- und Rasenanteil, vor dem er zwei Kinder spielen sah. Es bestand aus einem Keller, der leicht in den ansteigenden Hang hineingebaut war, zwei Stockwerken, von denen das obere einen grossen hölzernen Balkon aufwies, und einigen Dachzimmern, und es war von oben bis unten in einem weichen Rosa gestrichen.

Meister kam es doch etwas gross vor für das Einkommen eines normalen Beamten. Neidisch dachte er an die eigene Lohntüte und daran, dass er nie etwas hatte erben können. Als er durch das Tor auf den Rasenweg trat, rannten ihm die beiden Kinder entgegen, ein Mädchen und ein Junge, beide um die zehn Jahre alt. Ein Stich ging dem Fahnder durchs Herz, nicht nur, weil er Mitleid mit den Kindern hatte wegen dem Schicksal ihres Vaters, sondern weil seine Ehe kinderlos geblieben war. Das hatte ihm und seiner Frau lange zu schaffen gemacht. Deshalb war sein Umgang mit Familien stets ein wenig steifer, als wenn er es mit Einzelpersonen zu tun hatte. Die Kinder geleiteten ihn zur Haustür, wo die Mutter schon wartete. Durch einen Anbau, der als Garderobe benützt wurde, trat Meister in den Gang, der mit abgelaugtem Holz ausgelegt war, durchbrochen von einem ebenfalls hölzernen Esstisch, auf den die Kinder sogleich zustürzten. Die Mutter aber schickte sie wieder hinaus in die Kälte.

Frau Wälti-Kroll bat Meister ins Wohnzimmer, wo dem Fahnder sofort eine Puppenstube aus dem letzten Jahrhundert auffiel. Auch war der ganze Raum sehr geschmackvoll eingerichtet, Meister kam sich vor wie auf einer Antiquitätenausstellung: teure Stilmöbel, wertvolle Teppiche, ein handgeschmiedeter Kronleuchter. Er konnte den Wert der Dinge nicht abschätzen, aber er musste höher sein, als zu erwarten war. Das verwirrte den Fahnder etwas, und er fand kaum die richtigen Worte, um seine Anwesenheit zu erklären.

"Frau Wälti", begann Meister stockend, nachdem er sich vorgestellt hatte, "Sie haben bestimmt vom letzten Mord in dieser Stadt gelesen, vom Verbrechen am Stadtrat von Aarbach. Sie selbst waren ja vor kurzem Opfer eines unbeschreiblichen Unglücksfalles, wozu ich ihnen mein Mitgefühl aussprechen möchte. Vielleicht erinnern sie sich auch an den Selbstmord eines jungen Mädchens, das vor zwei Wochen unterhalb der Bundesterrasse aufgefunden wurde. Ein seltsamer Zufall - jedenfalls hoffen wir, dass es ein Zufall ist - will es, dass alle drei fraglichen Personen im Abstand von einer Woche am Donnerstagabend um 23 Uhr aus dem Leben schieden. Bisher schien es klar, dass es sich bei den ersten beiden Fällen um Selbstmord handelt. Auch bei Stadtrat von Aarbach können wir das nicht ausschliessen. Wir denken auch nicht daran, von dieser Sicht der Ereignisse abzuweichen. Dennoch hat die unglaubliche Übereinstimmung der Tatzeiten uns dazu veranlasst, nähere Untersuchungen durchzuführen, um allenfalls festzustellen, ob die Todesfälle irgendeinen Zusammenhang miteinander haben. Ich möchte mich deshalb bei Ihnen entschuldigen, wenn wir diese schmerzlichen Erinnerungen nach so kurzer Zeit wieder in Ihnen wecken müssen."

Frau Wälti-Kroll hatte mit den Tränen zu kämpfen, aber es schienen nicht Tränen der Trauer, eher Tränen der Wut zu sein. "Ich habe Ihren uniformierten Kollegen schon letzte Woche gesagt, dass ich nicht an einen Selbstmord meines Mannes glaube. Trotzdem wurde nichts unternommen, um weitere Abklärungen durchzuführen. Dafür bedarf es offenbar des Todes eines angesehenen Politikers. Wir gewöhnlichen Leute sind der Polizei diese Arbeit wohl nicht wert!"

"Was hat Sie denn zur Vermutung gebracht, Ihr Mann könnte durch etwas anderes als Selbstmord ums Leben gekommen sein? Sprechen wir das unangenehme Wort aus: durch Mord! Weshalb sollte er ermordet worden sein?"

"Das ist mir selber unerklärlich. Jedenfalls gab es keinen Grund für eine Selbsttötung. Schliesslich hat er gearbeitet, um all das, was Sie hier sehen, für sich und seine Familie aufzubauen. Es ist ihm nach langen Jahren gelungen. Ich weiss natürlich, dass es einem Menschen zu viel werden kann, die Verantwortung zu tragen, die er auf sich genommen hat. Aber das schien mir bei Stefan nicht der Fall gewesen zu sein. Schliesslich sind wir schuldenfrei, das Haus ist mit keiner übermässigen Hypothek belastet, amouröse Affären hat es nicht gegeben, mit einem Wort: Stefan war ein sehr glücklicher Mensch."

"Weshalb hat er dann eine Pistole gekauft? Gab es irgendeinen Grund, sich zu fürchten? Hat er einmal eine Andeutung in dieser Richtung gemacht?"

"Nein, nie! Ich hatte auch keine Ahnung, dass Stefan eine Waffe besass. Ich wüsste nicht, wo er sie hätte verstecken sollen im Haus, obwohl es da natürlich schon Kämmerchen und Kästen gibt, die nicht täglich geöffnet werden. Aber Sie wissen ja, wenn Kinder da sind, gibt es wenig Möglichkeiten, etwas zu verstecken."

Meister wunderte sich wieder, fragte sich, wie ein Beamter all das mit seiner Arbeit geschafft haben könnte und fragte dann: "Sie konnten sicher einen schönen Batzen erben?"

"Abgesehen vom kleinen Vermögen meiner Mutter haben wir keinerlei Einkünfte von aussen gehabt. Ich sage Ihnen nochmals: Mein Mann hat das alles mit seiner Arbeit geschaffen!"

"Können Sie mir Auskunft über sein Einkommen geben, oder haben Sie die Bankunterlagen über die Hypotheken und die Geldbewegungen hier, so dass ich sie näher einsehen könnte?"

"Ich glaube nicht, dass ich zu diesen Auskünften verpflichtet bin", erwiderte die sichtlich aufgeregte Frau.

"Natürlich nicht. Ich kann mir ehrlich gesagt nur keinen Reim darauf machen, wie man sich Ihren - entschuldigen Sie bitte den Ausdruck - Wohnluxus und das geräumige Haus mit Umschwung in der Stadt leisten kann. Schliesslich kann ich mir vorstellen, wieviel man als Beamter verdient."

"Sind Sie gekommen, um meinem toten Mann noch irgendetwas anzuhängen, oder wollen Sie in einer Mordsache ermitteln?"

"Es tut mir leid, wenn ich Sie verletzt haben sollte", erwiderte Meister mit gesenktem Kopf. Der Verdacht blieb hängen, die Nachforschungen darüber müsste er von anderer Stelle her angehen. Allerdings dürfte dies auf Schwierigkeiten stossen, schliesslich waren sie es, die den Fall als

46

Selbstmord zu den Akten gelegt hatten, und ein simpler Verdacht würde für eine bankinterne Untersuchung nicht ausreichen. Meister bat Frau Wälti-Kroll, ihm eine Foto ihres Mannes zu zeigen, er habe ihn nur in der Stellung eines Toten in seinem Büro gesehen, was kein sehr schöner Anblick gewesen sei. Sie stand auf, zog die oberste Schublade des Sekretärs auf und reichte ihm ein gerahmtes Bild. Es zeigte einen eleganten Mann (42 Jahre alt war er geworden) in einem Anzug von der teureren Sorte, so viel war auch Meister klar. Er kam sich schäbig vor in seinem Regenmantel, den er anbehalten hatte. Wälti-Kroll wirkte eher wie ein erfolgreicher Unternehmer, die goldene Krawattennadel passte zum entschlossenen Eindruck, den sein Gesicht machte. Er blickte geradeaus, sein Haar war relativ lang, aber streng zurückgekämmt, eine Glatze war auch im Ansatz nicht festzustellen. Seine Lippen waren fest und geschmeidig, die Brauen dicht über die Augen gezogen. Die sichere Entschlossenheit, die der Mann ausstrahlte, liess wirklich nicht auf einen Typ schliessen, der aus Unsicherheit Selbstmord begeht. Aber wie oft hatte sich der Fahnder von solchen Fotografien schon täuschen lassen.

Auch Frau Wälti-Kroll war von ähnlichem Zuschnitt, wie Meister jetzt feststellte. Er traute sich plötzlich, ihr in die Augen zu schauen und traf auf einen Blick, der mit klarer Sicherheit zeigte, dass die Frau wusste, was sie wollte. Das helle Grün der Augen schien zwar etwas stumpf, auch war das Gesicht weniger geschminkt als üblich, die hellbraunen schulterlangen Haare etwas einfacher frisiert, aber das war wohl dem Umstand zuzuschreiben, dass grössere Eleganz zum tragischen Ereignis nicht so sehr passte.

Der Polizeibeamte seufzte auf, erfuhr noch, dass die Ehe fast vierzehn Jahre gedauert hatte und dass die beiden Kinder Manfred und Julia zehn- und achtjährig waren.

Meisters Gedanken waren kaum mehr zur Ruhe zu bringen. So musste er sich von Marianne Wälti-Kroll verabschieden, nicht ohne zu bemerken, dass eventuell ein weiterer Besuch nötig sein würde. Er winkte den beiden Kindern zu, die nach wie vor auf dem Rasen spielten, schloss sorgfältig die Gartentür und machte sich auf den Weg nach Hause, wo ihn seine Frau schon mit dem Nachtessen erwarten mochte. Er war nicht glücklich.

9

Ariane strich sich die Haare aus dem Gesicht, die der Westwind immer von neuem in Unordnung brachte. Sie war den
ganzen Tag unterwegs, hatte sich in der Stadt herumtreiben
lassen. Sie wollte die Atmosphäre einer solch mörderischen
Umgebung spüren, sich vorstellen können, was es aus-
machte, dass es ausgerechnet in dieser kleinen Metropole
zu den folgenschweren Ereignissen kommen konnte. Sie
fand sich jetzt, um vier Uhr nachmittags, als die Geschäfte
schon geschlossen waren, auf der Bundesterrasse wieder.
Sie beobachtete die Marzilibahn und den Ort, an dem
Susanne Weibel aufgefunden worden war. Ariane hatte den
Polizeidienst schon vor diesem Todesfall quittiert, sie hatte
keinen Einblick mehr in die Akten nehmen können.

Interessiert verfolgte sie die Einfahrt der Kabine und
beobachtete die aussteigenden Menschen. Sie hatte sich
eine Sonnenbrille aufgesetzt, um nicht gleich von Anfang
an aufzufallen, wenn sie sich etwas zu sehr für einzelne
Leute interessieren sollte. Auch Ariane sah von ihrem
Standort aus, dass es sehr schwierig war, zur Eisentreppe zu
gelangen und sich an einem Strick daran herunterzulassen.
Susanne hätte einen Schlüssel zur Bergstation gebraucht,
um diesen Ort zu erreichen. Aber vielleicht war es auch nur
ein besonders guter Trick, um auf jemand anders einen
Verdacht zu lenken.

Wer aber hätte davon betroffen sein können, wen hätte
die junge Frau durch ihren Tod aufschrecken können? Das
wollte Ariane heute abend herausfinden, sie hatte sich mit
ein paar Freunden Susannes aus der Punk- und Drogenszene verabredet, mit Gewährspersonen, die den Schauplatz
besonders gut kannten.

Die Bahn war wieder abgefahren. Sie quietschte leicht, als sich die beiden Kabinen in der Mitte der Strecke kreuzten. Ariane knöpfte ihre Winterjacke zu und wollte eben weggehen, als zum zweiten Mal eine Kabine ihre Passagiere entliess. Als ersten erblickte sie Walter Schmidt, ihren alten Kollegen von der Fahndung. Sie hoffte bloss, er habe sie nicht gesehen. Was er wohl hier wollte? Für die Polizei war der Fall "Susanne Weibel" doch unter "Selbstmord" abgehakt! Schmidts Verhalten liess jedoch darauf schliessen, dass dem nicht so war. "Habt ihr euch doch noch dazu entschliessen können, weiterzufahnden, oder bist du auf eigenen Antrieb hier?" dachte Ariane nicht ganz ohne wehmütige Bewunderung, war ihr Schmidt doch schon immer sympathisch gewesen, wenn sich ihre Beziehung auch auf einen Flirt beschränkte. Walter war jetzt der Freund ihrer Kollegin Sylviane. Da sollte doch etwas zu erfahren sein, ein Treffen der drei müsste arrangiert werden!

Ariane überlegte weiter. Es wäre wichtig rauszufinden, was Schmidt hierher trieb. Falls Fahrni dies veranlasst hatte, konnte es sein, dass Ariane einen schlafenden Löwen geweckt hatte. Das war beabsichtigt, konnte aber leicht gefährlich werden, was ihr der Vorfall am Donnerstagabend schon eindrücklich gezeigt hatte. Mit dem Kommissar war nicht zu spassen, das wusste sie aus ihrer Dienstzeit. Aber es waren ja schon zu viele Menschen tot, als dass sie darauf noch hätte Rücksicht nehmen können. Ausserdem war sie es Susanne Weibel schuldig.

In sicherer Distanz folgte Ariane Walter Schmidt, der gedankenverloren langsam in Richtung Bahnhof ging. "Ein erhängtes Mädchen, wahrscheinlich rauschgiftabhängig, ein erschossener Beamter der SBB-Zollabteilung und ein erstochener Stadtrat der Arbeitgeberpartei", resümierte Ariane. Die ersten zwei gingen in der Presse als Selbstmorde durch, erst beim dritten kam Nervosität auf, auch wenn der Fall ebenso klar oder unklar schien wie die beiden ersten.

"Jetzt wird der Druck von aussen grösser, Zusammenhänge werden sichtbar, die vorher niemand beachten wollte. Die Unschuld der Opfer wird plötzlich angezweifelt, das Vorleben vielleicht sogar ein bisschen genauer durchleuchtet werden." Ariane wusste, was sie zu tun hatte. Noch waren einige Gespräche zu führen und schliesslich eine Falle zu legen. Fahrni sollte merken, dass jemand mehr wusste, als ihm lieb sein konnte. Sie dachte dabei an ein Objekt, eine afrikanische Messingplatte aus Benin, die sie in einem Buch gesehen hatte. Vier Krokodilköpfe sind - angeordnet in einem Quadrat - aus der Platte herausgearbeitet. Sie umgeben einen Kriegsfürsten in Federmantel, Halsketten und hohem Helm, bewehrt mit Schild und Speer. Das schien Ariane die geeignete Form der verschlüsselten Mitteilung. Das Krokodil als altägyptisch heiliges Tier, der verschlingende Zerstörer, der lasterhafte Leidenschaften verkörpert: Verstellung, Betrügerei, Verrat und Heuchelei. Von einem Krokodil verschlungen zu werden, bedeutet den Abstieg in die Hölle; es ist bereit, den zu vernichten, der ins Chaos zurück muss.

Zufrieden mit den Ergebnissen des Tages begab sich Ariane nach Hause, wo sie sich im Bad entspannte und das Gefühl der Wärme wieder in ihren Körper zurückfliessen liess. Sie bereitete sich auf den Abend vor.

10

Mittlerweile war es sechs Uhr geworden. Es hatte aufgehört zu schneien, das Licht wechselte vom Dämmerschein des Tages zum Dunkel der Nacht. Draussen war es kalt, die Strassen bekamen einen glitzernden Eisglanz. Ariane raffte sich auf, zog ihre warmen Kleider an und nahm einen letzten Schluck aus dem Weinglas, das vor ihr stand. Dann warf sie ihren schwarzen Ledermantel über und verliess die Wohnung.

Sie war verabredet mit einigen Punks, von denen sie jemanden auf der Kleinen Schanze beim Bundeshaus getroffen hatte. Sie kannte noch keinen Namen, aber derjenige, der zugesichert hatte, ihr Informationen zu liefern, wusste, dass sie früher bei der Polizei war und jetzt auf eigene Faust weiterermittelte. Ariane war zwar in einem gutbürgerlichen Elternhaus aufgewachsen, die Familie hatte es nicht gern gesehen, dass sie bei der Polizei gelandet war, aber sie stellte ihr auch nichts in den Weg. Dennoch begann sie sich während ihrer Arbeitszeit immer mehr von den Idealen der Gesellschaft zu entfernen, die sie eigentlich verteidigen sollte. Die unmögliche Behandlung am Arbeitsplatz trug das ihre dazu bei. Sie konnte sich nicht vorstellen, dass die Alternativen, Linken und Punks ohne Rollenverteilungen auskamen, auch hier waren die Frauen bestimmt schlechter gestellt als die Männer. Trotzdem fühlte sie sich inzwischen eher zu den Verlierern der Gesellschaft hingezogen. Nicht aus politischer Überzeugung, sondern weil die persönliche Erfahrung sie lehrte, dass hier offener miteinander umgegangen wurde, wenn es auch oftmals hart dabei zuging. Man konnte sich jedoch auf nichts endgültig verlassen in dieser Welt. Deshalb verteilte sie ihre Sympathien sorgfältig und mit Bedacht und nahm nicht vorschnell Stellung. Sie führte ihr eigenes Leben.

Ariane wusste auch nicht mehr genau, wie sie eigentlich auf die Idee gekommen war, in der Drogenszene nachzuforschen. Eigentlich war sie hinter einer Betrugsaffäre her. Die Dominosteine, die sie dabei ins Fallen brachte, stiessen sie in Richtung Kleinkriminalität, auf Hehler und Dealer, die alle auf die eine oder andere Art darauf angewiesen waren, ihre Einkünfte zu verbessern. Erstaunlich war nur, dass bisher Prostitution noch keine Rolle gespielt hatte, aber im Drogenmilieu musste sie wohl die Augen verschliessen vor solchem Nebenerwerb. Schliesslich führte die Spur ins Leere, weil Ariane immer nur bei den kleinen Dealern landete, die grossen hielten sich vornehm versteckt. Es genügte ja, wenn sie die Gewinne einstrichen.

Ariane Beer, inzwischen Polizistin wider Willen, machte sich also per Tram auf den Weg in die Stadt. Sie konnte am besten nachdenken, wenn der Anhänger seine Kurven zog und dabei seitlich weit ausschwenkte. Das liess gerades Denken nicht zu und animierte sie zu tollen Sprüngen, die oft der Wahrheit näher kamen als logische Deduktion. Es war wie eine geniale mathematische Idee, für die dann leider allzuoft kein Beweis zu erbringen war. Am Bahnhof stieg Ariane aus, überquerte den Platz von der Bushaltestelle zum Taxistand: eine architektonische Ohrfeige für die Stadt, stellte sie fest. Früher mal war hier das Bollwerk, eine Stadtmauer, die gegen alles Fremde schützen sollte, die allerdings auch abwies, was den Gnädigen Herren von Bern nicht passte, Herumtreiber oder "Gesindel" vom Land beispielsweise. Heute war es ein Bollwerk des Verkehrs, ebenso hässlich und abweisend wie früher.

Sie fühlte sich ausgestossen von den Mauern. Der Weg führte neben dem Bahnhofsgebäude und den Geleiseanlagen leicht abwärts, auf einen Platz zu, der rundum von starkbefahrenen Strassen eingefasst war. Hier stand die Reithalle, fast ein Jahrhundert alt. Um sie wurde schon anfangs der achtziger Jahre gekämpft, so viel wusste Ariane, auch wenn sie diese Auseinandersetzungen aus der Ferne verfolgt hatte. Im vorletzten Herbst fanden wieder mehrere Grossdemonstrationen statt, zur gleichen Zeit, als sie ihre Ermittlungen schon weit vorangetrieben hatte und dann schliesslich den Polizeidienst quittieren musste. Jetzt begab sie sich also zum ersten Mal ins "Alternative Kulturzentrum AKZ".

Erst fiel es ihr nicht leicht, ins Gebäude hineinzugehen. Sicher würden alle sofort erkennen, dass sie zu den andern gehörte, auch wenn sie längst nicht mehr so dachte wie jene. Im Gegenteil, sie schien jetzt auf der Seite der Schwachen zu sein, ihnen Hilfestellung zu geben gegen die grossen Dealer und die Händler, welche die Verantwortung für Leben und Tod so mancher Abhängiger trugen.

Ariane stand beim Seiteneingang. Sie gab sich schliesslich einen Stoss und stieg die wenigen Stufen empor zur grossen Holztür, die ohne Griff war. Etwas verunsichert stiess sie sie auf und trat ein. Dicke Luft und feuchte Wärme schlug ihr entgegen, etwas viel Zigarettenrauch für ihr Gefühl. Da schwang auch noch ein anderer, leicht süsslicher Duft mit, etwas, das sie in der Polzeischule kennengelernt hatte, allerdings in aggressiverer Form. Hier jedoch lag der Rauch von Haschisch in der Halle, als ob er nur

54

süsses Wohlbefinden versprechen würde. Ariane traute ihren Sinnen nicht mehr.

Der grosse Raum mit den schweren Holzbalken beeindruckte sie auf den ersten Blick, und sie fragte sich, warum sie nicht schon früher hierhergekommen war. Dann sah sie sich die Leute ein bisschen genauer an. Der Disc-Jockey spielte leichte Reggae-Rhythmen, Jugendliche sassen in kleinen Gruppen herum, manche sprachen miteinander, die meisten aber sassen stumm beieinander und schienen ein stillschweigendes Übereinkommen zu bewahren. Ariane jedenfalls war die Symbolik dieser Sprache der Stille nicht gleich klar. Sie fühlte sich ausgeschlossen, es schien ihr, sie hätte in ihrem Leben etwas verpasst, sie sei jetzt schon zu alt, mit ihren achtundzwanzig Jahren und den Erfahrungen, die sie in ihrer Umgebung gemacht hatte, schon nicht mehr in der Lage, in dieser andern Welt zu bestehen. Es gab ihr einen Stich ins Herz, irgendetwas in ihrem Leben war falsch gelaufen. Jetzt konnte sie sich allerdings davon nicht beeindrucken lassen.

Sie stieg die schmale Treppe hinunter ins Parterregeschoss, wo sie an der grossen Bar verabredet war. Hier war alles kälter, die Steine, die Luft, es schienen andere Stämme hier zu wohnen. Die Wände waren mit unleserlichen Graffiti bedeckt. Der Haschischgeruch wurde vom Alkoholdunst verdrängt. Da verflog die Stimmung vom oberen Stock, und Ariane begriff schlagartig, dass es keine Welt ohne ihr Gegenteil gab. Aber das Gegenteil war nicht hässlich, es zog sie auf eine andere Weise in ihren Bann. Sie merkte, dass das eine nicht ohne das andere leben konnte, und sie sah, dass man vergessen hatte, ihnen das beizubringen: dass es auf der Welt mehr als eine Wahrheit gab.

Ariane sah auf den ersten Blick, dass der junge Mann mit den steif abstehenden schwarzen Haaren, der Lederjacke und dem Nagelarmband nicht alleine war. Er sass am Tisch bei seinen Freunden. Ariane trat auf ihn zu. Er erkannte sie sofort und sagte zu den andern: "Das ist die Tante, von der ich euch erzählt habe!" Ariane musste wohl ein erschrockenes Gesicht gemacht haben, immerhin fühlte sie sich doch nicht so alt, um schon als "Tante" angemacht zu werden. Sie beherrschte sich jedoch rasch wieder und antwortete: "Na, Onkel, wie geht's?"

Der Onkel war überrascht, besann sich dann schliesslich, dass er mal irgendwas von Höflichkeit gehört hatte, und stellte sich vor: "Ich bin Ratte. Das da neben mir ist Rico." Er zeigte dabei auf einen schmächtigen, bleichen Burschen, der eine Irokesenmähne auf dem Kopf trug, grellgelb gefärbt. "Die heisst UrSextrem, eigentlich Ursula, aber du weisst ja, seit sie aus dem Schutzalter raus ist..." Das Mädchen trug eine schwarze Fliegermütze, unter der ihre wasserstoffblonden Haare hervorstachen und in einem gewagten Schnitt das im übrigen rundliche Gesicht umrahmten. Als Mann hätte sich Ariane in dieses Mädchen verlieben können.

Schliesslich kam die letzte an die Reihe. "Neben dir sitzt Lolita, der süsse Käfer, der für seine Jugend büsst." Und diese Jugend zeigte kurzgeschnittenes schwarzes Haar, das die Ohren freiliess, schwarze Lippen und ein hohlwangiges Gesicht. Die Augen waren verdeckt vom Schatten eines ebenfalls schwarzen Männerhuts mit Lederriemen oberhalb des Rands. Sie mochte knapp über sechzehn sein.

Die vier musterten Ariane aufmerksam. Sie sagte: "Ich hoffe, ... Ratte hat euch erzählt, weshalb ich hier bin. " -

"Jawohl, du bist von der Schmier und willst uns reinlegen, damit wir keinen Stoff mehr bekommen", antwortete Rico und rülpste. "Halt die Schnauze", fuhr ihn Lolita an, "du weisst genau, dass sie wegen Suslowa da ist!" - "Wegen wem, bitte?" fragte Ariane. "Na, wegen der Susanne Weibel, wenn du es so lieber hast", UrSextrem zog die Luft ein, "Suslowa heisst sie aus ideologischen Gründen." - "Dass du immer alles besser wissen musst", nörgelte Rico.

"Ich schlage vor, wir gehen der Reihe nach mal durch, was eigentlich alles passiert ist." Ariane entschloss sich, die Karten offen auf den Tisch zu legen. "Ihr wisst, dass ich vom Dienst suspendiert bin, weil ich eine Angelegenheit zu ernst genommen habe, die euch alle betrifft. Es ging mir zwar nicht um Susanne, ...Suslowa, aber da ihr Tod nun hier hineinspielt, scheint es mir wichtig, dass ich möglichst viel weiss. Vielleicht werden einige Köpfe rollen müssen." - "Das glaubst du ja selber nicht!" Lolita waren ihre Zweifel anzusehen. "Aber gut, wir wollen dir helfen, unter einer Bedingung allerdings: Was wir hier sagen, bleibt unter uns. Du kannst alles weitererzählen, aber glaub bloss nicht, dass wir irgendetwas bezeugen werden. Die Beweise musst du schon selber zusammenkratzen." - "Einverstanden", antwortete Ariane, nur um weiterzukommen. Die Beweise wären vielleicht überflüssig, wenn sie auf der richtigen Spur war. Ratte sagte: "UrSextrem, erzähl mal, was du genau weisst, die Suslowa hat dir doch einiges berichtet, das letzte Mal, als wir sie alle gesehen haben."

Sie nahm einen langen Schluck aus ihrer Bierflasche und begann: "Nun, wir sassen zusammen im AKZ, wie jetzt. Wir hatten mal wieder nichts zu törnen, weder eine Pfeife noch eine Spritze lag rum. Du brauchst nicht zu glauben, dass wir ständig an Drogen dachten. Wir waren meistens clean. Aber wenn wir uns down fühlten, wenn wir den Blues hatten, dann waren wir schon froh um irgendwas. Die Suslowa hatte da so 'ne Quelle, die sie mir aber nicht preisgeben wollte. Ich zu ihr: 'Na, dann zapf doch die Quelle mal an!' Worauf sie sagte, dass die Leute nicht im AKZ verkehrten, sie würde sie jeweils nur nachts treffen, aber es sei besser, wenn ich nicht zu viel davon wüsste, es könnte sonst gefährlich werden für mich. Ich hab das nicht ganz begriffen und hab nachgefragt. Da hat sie mir von so 'nem Typen erzählt, bei dem sie mal war nachmittags, als bei dem alles ausser Haus war. Der muss was mit dem Deal zu tun gehabt haben. Jedenfalls hatte er sie in der Hand. Sie also mit dem in die Wohnung. Sie hat's mir erzählt, Altstadtwohnung mit dunklem Holz, teure Inneneinrichtung, Bar und so, vielleicht kennst du das. Da musste die Suslowa sich dann ausziehen, reinlegen ins Ehebett."

"Den Namen des Typen hat sie dir nicht genannt?" unterbrach Ariane.

"Nein, kein Wort. Jedenfalls muss es ziemlich hässlich gewesen sein da. Der hat es mit ihr gegen ihren Willen gemacht. Da war sie beinahe noch Jungfrau, verstehst du, die Schmerzen haben sie tagelang gequält, nicht mal mit 'ner tüchtigen Spritze waren die wegzukriegen. Dabei hat er ihr dauernd vorgequasselt, wie es die Thai-Frauen machen, und dass sie es auch so lernen müsste, wenn sie weiterhin an Stoff rankommen wollte. Irgendwann hat dann das Telefon geläutet. Er ist hingegangen und hat mit 'nem Typen gequatscht, dass er jetzt nicht sprechen könne, von wegen einer neuen Lieferung und so. Und da hat Suslowa zum ersten Mal die Angst gepackt. Die Schmerzen und die Angst, das musste dir mal vorstellen. Sie hat dann kurz die Schubladen durchgesehen, aber gefunden hat sie nur ein Sex-Magazin, Taschentücher und eine Packung Alka-Seltzer. Kein Geld und keinen Stoff. Der Typ hat sie dann nochmal vergewaltigt, das hat ihr schon fast nichts mehr ausgemacht, so dringend wollte sie weg von da. Und deshalb hat sie mir dann das alles erzählt, und dass sie Angst hat um ihr Leben und so. Aber ich hab natürlich gedacht, jetzt schneidet sie auf mit ihrem neuen Freier, obwohl ich eigentlich wusste, dass sie den Strich nicht machte. Jedenfalls machte es mich stutzig, weil sie mir den Namen nicht nennen wollte. Ich bin dann nicht weiter in sie gedrungen. Jetzt weiss ich natürlich, dass das ein Fehler war, aber jetzt ist es zu spät."

"Das bringt mich schon ziemlich viel weiter", sagte Ariane, "wisst ihr, ob die Suslowa gedealt hat?"

"Nun", antwortete Ratte, "da schneidest du ein heisses Thema an. Wer von uns kann sich den Stoff denn schon leisten, wenn er nicht ab und zu was verkauft. So etwa wird es bei der Suslowa auch gewesen sein. Aber von was Grösserem weiss ich nichts. Soll denn das was bringen?"

"Es kann alles etwas bringen", meinte Ariane. "Die letzte Frage: Hat Susanne Selbstmord begangen?"

"Auf gar keinen Fall!" schrien alle vier gleichzeitig. "Was glaubst du, weshalb wir dir das alles erzählen? Damit du den Mörder von Suslowa findest!" - "Und wenn du das in ein paar Tagen nicht geschafft hast, werden wir den Typen selber suchen, und wehe, er gerät uns in die Finger!"

"Passt dabei bloss auf die Polizei auf", warnte Ariane, "die braucht vielleicht für den Mörder ein Alibi und räumt in der Drogenszene auf."

"Hab mir schon gedacht, dass die in letzter Zeit ein bisschen oft an mir rumfummeln", warf Lolita ein, "ich musste meinen Ausweis ganz schön frisieren, damit die mich noch frei rumlaufen lassen. Und sag denen doch mal, sie sollten 'ne Frau vorbeischicken, ich lass mir nicht gerne immer von Männern die Brüste massieren!"

Ariane spendierte eine Runde und verabschiedete sich, nicht ohne einen Blick von Komplizenschaft und angstvoller Neugierde auf die vier zu werfen. Sie kam sich plötzlich doch ziemlich alt vor, aber gleichzeitig hatte sie auch Mitleid und mochte nicht in der Haut von Leuten stecken, die immer wieder etwas hinterherrennen mussten, das sie abhängig machte von Ausbeutern und Sklavenhändlern. Suslowa musste das am eigenen Leib erfahren. Ariane wollte den Typen zur Strecke bringen, der für all das verantwortlich war. Der Herr mit der Wohnung in der Altstadt aber musste von Aarbach sein, und der war nun - fast sagte sie "leider" - schon tot.

11

Am Montagmorgen, draussen war es einige Grad unter Null, versammelten sich die drei Polizisten auf der Polizeihauptwache im Waisenhaus: Peter Fahrni, Kommissar der Sicherheits- und Kriminalabteilung, Walter Schmidt und Hans Meister-Späth, Detektive, die sich lieber mit dem altbernischen "Fahnder" anreden liessen. Sie alle hatten übers Wochenende schlecht geschlafen, wenn auch aus unterschiedlichen Gründen. Im Zusammenhang mit den drei ungeklärten Todesfällen lag jedem etwas auf dem Magen, was er den andern nicht mitzuteilen gedachte. Unterschlagung von Gedanken könnte man das Verhalten der Fahndungsbevollmächtigten nennen.

Fahrni war ganz in seiner Rolle als Leiter der Abteilung, er führte den Vorsitz und liess keinen Zweifel daran aufkommen, wer hier das Sagen hatte. Er wollte Ergebnisse der Recherchen sehen. Zuerst sollte Schmidt referieren. Aber er hatte wenig zu berichten. Er kam auf den Ort des Todes von Susanne Weibel zu sprechen, äusserte seinen Verdacht, dass da nicht alles mit rechten Dingen zugegangen sein könnte, aber auch das sei nur eine vage Vermutung und nicht näher zu beweisen. "Immerhin musste ich von der neuen These eines Mordes ausgehen, so dass ich alle Möglichkeiten in Erwägung zog. Mir ist es nicht ganz wohl bei der Sache, ich habe den Eindruck, dass etwas nicht stimmt. Aber mehr als ein schlechtes Gefühl ist es nicht, was mich bei der Sache plagt."

"Wo", fragte Fahrni, "sähest du denn das Motiv für einen Mord? Ein Selbstmord lässt sich immerhin aus einer schlechten psychischen Verfassung, die wir zwar im Nachhinein nicht mehr untersuchen können, belegen, aber ein Mord?"

"Vielleicht wollte sie einen Lieferanten hochgehen lassen. Das würde dann auch den letzten Einstich erklären. Oder sie konnte ihre Schulden nicht bezahlen, falls sie welche hatte. Eventuell war sie auch einfach zu aufsässig. Aber ich weiss selber nicht, ob das in Frage kommt als Mordmotiv. Immerhin hatten wir in Bern noch keinen so schlimmen Fall von Rache oder von Dealermord, obwohl wir natürlich bei einem 'Goldenen Schuss' nie mit letzter Sicherheit ausschliessen können, dass nichts Derartiges dahintersteckt. Aber was dies dann mit den andern beiden Toten zu tun haben könnte, übersteigt meine Vorstellungskraft."

"Alles in allem nur eine Hypothese, auf die wir nicht bauen können. Wer ist diese Susanne Weibel überhaupt, was wissen wir von ihr? Hast du dich darum mal bekümmert?"

"Ja, sicher. Aber herausbekommen habe ich nur wenig. Sie war zum Zeitpunkt des Todes 19 Jahre alt, vor zwei Jahren ist sie von zuhause weggezogen, hat zwischendurch bei Bekannten gewohnt, aber den letzten Aufenthaltsort konnten wir nicht feststellen. Auch die Eltern wussten nichts davon, weil sie - wie sie zynisch bemerkten - seit längerem keinen Kontakt mehr mit ihrer Tochter 'und diesem Gesindel' haben wollten. Also keine Gewähr für eine vernünftige Aussage. Ihre Freunde konnten wir ebenfalls nicht ausfindig machen, sie sind wohl im Drogenmilieu zu suchen oder dann unter den Politischen. Aber auch dafür sind die Anhaltspunkte vage. Jedenfalls haben wir sie nie registriert, weder als Drogenkonsumentin bei einer

Razzia noch auf dem Strich. Sie muss sich im Hintergrund gehalten haben oder dann noch nicht sehr lange abhängig gewesen sein."

"Mit anderen Worten, wir wissen nichts über diese Frau!"

Zähneknirschend musste Schmidt dies zugeben, und es wurmte ihn immer mehr, dass er damals, als er den Fall zu bearbeiten hatte, nicht mehr hatte herausholen können. Vielleicht musste er doch noch Ermittlungen im Drogenmilieu anstellen. Aber er wusste, dass dies fast unmöglich war und dass er sich dafür nur schlecht eignete. Er konnte sich nicht "verkaufen", und ohne Gegenleistungen waren Informationen kaum zu erhalten. Dazu hätte er seine Kompetenzen überschreiten müssen, und Schmidt wusste, was dies in bezug auf Fahrni und seine Stellung bei der Fahndung für Auswirkungen haben konnte. Also liess er es lieber bleiben als irgendetwas zu provozieren, von dem er die Folgen nicht kannte.

Nun war die Reihe an Meister, Auskunft zu geben. Auch er hatte wenig zu vermelden, einzig die überaus grosszügige finanzielle Lage des Beamten vom Bahnzollamt sei zu vermerken. Man müsste sich bei der eigenen Direktion mal erkundigen, wie man selber zu so einem Einkommen avancieren könnte, bemerkte er sarkastisch. Fahrni fand dies erwartungsgemäss überhaupt nicht lustig und bellte Meister an: "Und das ist alles, was du nach deinem übereilten Besuch bei Frau Wälti-Kroll zu sagen hast?"

Ganz verdattert gab Meister zur Antwort: "Ich wollte mich ja nur bei der Familie umsehen, ich konnte nicht wissen, dass ich auf irgendetwas Verdächtiges stossen würde. Allerdings war es mir dann nicht mehr möglich, die

Witwe auszufragen, ob sie einen Verdacht hätte, wenn sie schon so sicher sei, dass ihr Mann nicht Selbstmord begangen habe."

Fahrni hatte sich wieder etwas beruhigt. "Auf diese dürftige Grundlage können wir nicht mal eine Anfrage bei der Bank starten, die lachen uns sonst aus. Aber es ist klar, dass wir uns um die Sache kümmern müssen. Ich werde nachher selbst bei dieser Frau vorbeigehen und schauen, ob noch etwas zu machen ist."

Schmidt meldete sich zu Wort: "Wir haben jetzt bei der ganzen Diskussion immer eine Person ausser Acht gelassen: von Aarbach. Ich frage mich, ob es zwischen den drei Personen irgendeinen Zusammenhang geben könnte. Du, Peter, hast doch von Aarbach gekannt. Ist es denkbar, dass eine Beziehung zu den beiden andern besteht?"

"Genauer weiss ich auch nicht Bescheid, aber es wäre denkbar, dass der Stadtrat den Zollbeamten schon mal getroffen hat. Immerhin besass er ein gutgehendes Import-Export-Geschäft, was nahelegt, dass der Zoll damit zu tun hat. Aber die Ware, die von Aarbach normalerweise importierte, kam aus dem Fernen Osten, ich nehme an per Flugzeug, so dass die Zollabwicklung eher in Zürich-Kloten erfolgte als in Bern. Aber vielleicht ist auch mal eine Ladung per Schiff und Bahn hierhergekommen, wo dann die beiden miteinander zu tun hatten. Da müsste schon etwas in Wälti-Krolls Akten in seinem Büro stehen. Aber auch wenn er eine Lieferung von Aarbachs bearbeitet hat, heisst das noch lange nicht, dass die beiden einander kannten. Die Abwicklung der Geschäfte blieb wohl in diesen Angelegenheiten den Mitarbeitern vorbehalten."

"Könnte da nicht die Familie näher Auskunft geben?" hakte Schmidt nach.

"Soviel ich weiss, haben seine Frau und die Töchter keine grosse Ahnung von den Geschäften von Aarbachs. Er war in diesem Sinne ein Patriarch, der seine Angehörigen mit solchen Dingen nicht belasten wollte."

"Das wirkt sich jetzt negativ aus", bemerkte Meister.

Und Schmidt doppelte nach: "Vielleicht kann uns Frau Wälti-Kroll genauere Auskunft geben?" Er stand auf und stellte sich vor den Stadtplan. Er nahm einen Bleistift zur Hand, machte um die SBB-Generaldirektion einen Kreis, einen zweiten um den Kursaal und einen dritten um die Bergstation des Marzilibähnchens. Dann nahm er einen Lineal und zeichnete ein grossräumiges Dreieck, das die drei Tatorte miteinander verband. Die Linie ging von der Bundesterrasse quer über den Bärenplatz, durch den Käfigturm, über die Aare, durch die Privatklinik Beau-Site zum erhöhten Kursaal, von dort durch die Kunstgewerbeschule wieder über die Aare ins Länggassquartier, von da durchs Physikalische Institut der Universität, durch den Bahnhof und die Heiliggeistkirche zurück zur Marzilibahn. Es schloss den obersten und neusten Teil der Altstadt ein, den Geschäftsbezirk, die Schützenmatte mit dem Areal des Autonomen Kulturzentrums sowie die Lorrainebrücke und den Eisenbahnviadukt an derselben Stelle.

Fahrni schüttelte den Kopf, sagte aber nichts. Meister wartete auf ein Wort des Chefs. Schmidt bestaunte sein Werk, schüttelte ebenfalls den Kopf und meinte: "Das alles ergibt keinen Sinn. Das einzige, was wir als Verdachtsmoment haben, ist die zeitliche Übereinstimmung der Vorfälle. Kann das ein Zufall sein?"

Fahrni brummte: "Es wäre nicht das erste Mal, dass ein besonders schlauer Mörder versuchte, von gewissen Umständen zu profitieren und uns reinzulegen. Wenn die ersten beiden Selbstmorde zufällig auf etwa dieselbe Stunde fallen, ist es ein Leichtes, einen Mord zu konstruieren und auf den gleichen Zeitpunkt zu legen."

"Damit ist aber dem Mörder nicht geholfen", wandte Meister ein, "immerhin geht es ihm ja darum, einen Mord zu vertuschen und nicht, uns auf eine Spur zu lenken. Könnte es nicht auch sein, dass von Aarbach Selbstmord begangen hatte und die Gelegenheit günstig fand, dies in einen grösseren Zusammenhang zu stellen, damit sein Abgang ein gewisses Aufsehen erregt?"

"Und uns endlich mal etwas zu tun bringt", brummte Fahrni.

"Vielleicht hat er sich an dir aus irgendeinem Grund rächen und dich in eine unmögliche Position bringen wollen", schlug Schmidt vor.

Aber Fahrni war für solche Scherze nicht sehr empfänglich. "Vielleicht hat er es auch nur gemacht, damit du sinnlose Dreiecke auf den Stadtplan zeichnest und dein graphisches Talent wieder mal zur Geltung kommt", mekkerte er. Dann merkte er erst, dass er von seinem verstorbenen Freund sprach und nahm sich zusammen.

"Du hast uns noch nicht erzählt, was du bei von Aarbachs Familie rausgefunden hast", sagte Meister, "gibt es da einen Verdacht auf einen Mord oder müssen wir das auch als Selbsttötung betrachten? Ich habe einfach ein wenig Angst vor der öffentlichen Meinung, die uns kaum so ungeschoren lassen wird, wie wir es vielleicht gerne hätten."

Fahrni antwortete: "Alles, was ich rausgefunden habe, ist, dass ich mehr von ihm weiss als die ganze Familie zusammen. Was uns aber leider nicht viel weiter führt. Sein Adressbuch habe ich mitgenommen...", er öffnete die Schublade seines Schreibtisches, blätterte in der Agenda von Aarbachs und sagte dann: "...aber von einem Wälti-Kroll oder einer Weibel ist nichts notiert. Sollten ja unter demselben Buchstaben aufgeführt sein, die beiden. Nichts. Auch sonst habe ich kaum etwas in Erfahrung gebracht. Ich hoffe, ich kann Oliviers Akten genauer studieren, immerhin scheine ich der einzige zu sein, der der Familie in diesem schweren Moment beistehen kann, so weit es um die Geschäfte geht. Aber es versteht sich von selber, dass ich mich da nicht aufdränge, schon gar nicht, bevor die Beerdigung stattgefunden hat und eine gewisse Trauerzeit vorbei ist. Vorderhand bleibt die Leiche ja in 'Verwahrung' beim Gerichtsmedizinischen Institut. Ich weiss nicht, ob sie diese Woche noch freigegeben werden kann."

Schmidt schaltete sich ein: "Geben wir heute eine Erklärung an die Presse ab oder wollen wir damit warten, bis uns der Polizeipräsident dazu zwingt?"

"Was schlägst du vor, was wir verlauten lassen sollen?" fragte Fahrni.

"Dass wir uns aufgrund der Sachlage im Moment nicht in der Lage zu einer definitiven Beurteilung sehen. Gewisse Verdachtsmomente lägen vor, aber eine konkrete Spur sei nicht zu sehen. Ausserdem sei es fraglich, ob die drei Todesfälle etwas miteinander zu tun hätten. Dann sollten wir die Bevölkerung zur Mitarbeit aufrufen und Zeugen suchen für die drei Zwischenfälle, oder sollten wir das auf von

Aarbach beschränken, um nicht noch mehr Unruhe zu erzeugen?"

"Mir egal", meinte Fahrni, "aber weil du das so schön im Kopf hast, darf ich dich darum bitten, es gleich auszuführen, einen kurzen Text in diesem Sinne zu schreiben und ihn zur Veröffentlichung freizugeben! Telefonische Anfragen der Presse werden mit dem Hinweis auf den dürftigen Ermittlungsstand vorderhand nicht beantwortet, die Vorgesetzten in diesem Sinne informiert. Ich werde mich heute nochmals um die Familie Wälti-Kroll kümmern, Schmidt hat seine Aufgabe, Meister wird die tägliche Routinearbeit erledigen und allfällige neue Informationen sammeln. Wir haben schliesslich noch keinen Auftrag, uns einzig und allein um diese Sache zu kümmern."

12

Nach dem nicht sehr ergiebigen Gespräch am Montagmorgen begab sich Fahrni ebenfalls ins Weissenbühl-Quartier, wie sein Kollege Meister schon am Samstagnachmittag. Im Gegensatz zu ihm meldete er sich nicht zum voraus an, er hoffte auf einen Überraschungseffekt. Kein Mensch war zu sehen, als er auf das rosa Haus zutrat, die Gartentür öffnete und sich wunderte über den hölzernen Nistkasten - oder sollte es ein Briefkasten sein? -, aus dessen hinterer Seite ein Herz geschnitten war. Fahrni stieg die Treppe hoch zur verglasten Eingangsterrasse, öffnete die Tür und klingelte.

Es dauerte ein paar Minuten, bis Frau Wälti-Kroll kam. Fahrni wollte schon wieder gehen, nicht überzeugt von seiner Idee. Durch die verglaste Tür konnte er nur den ersten Raum überblicken. Aber schon in diesem einfachen Entrée sah er verschiedene Dinge, die nicht ganz billig sein konnten: den dunkelblauen Indo-Mir Läufer, eine mattweisse Lampe mit geschwungenem unterem Rand sowie die modern eingerichtete, erst vor kurzem eingebaute Küche. Schliesslich kam sie doch noch, die Witwe. Im engen schwarzen Wollkleid stand sie vor Fahrni, wie wenn sie jemand anders erwartet hätte. Jedenfalls staunte Marianne Wälti-Kroll, als sie den ihr unbekannten Mann vor der Tür stehen sah.

Fahrni stellte sich vor und entschuldigte sich gleichzeitig für den ungehobelten Kollegen, der am Samstag vorbeigekommen sei. Mit einem Seufzer liess ihn die Frau eintreten und führte ihn ins Wohnzimmer, in dem schon Meister gesessen hatte. Er setzte sich aufs Kanapee in die Nähe der Heizungsrohre, wobei das feine Spitzendeckchen in Form eines Blumenkelches leicht verrutschte. Er sank in die Rundung des Polsters, während sich die Frau in die andere Ecke setzte, Fahrni direkt in die Augen blickend. Das verunsicherte den Kommissar ein wenig. Er war mit der Frau allein, die Kinder waren offensichtlich ausser Haus, sie mussten in der Schule sein.

Es fiel Fahrni nicht leicht, mit den Fragen zu beginnen, die er so direkt wie möglich vorbringen wollte. So begann er denn damit, dass sein Kollege zwar das für sie Wichtige erfahren habe, dass jetzt aber doch mögliche Bezugspunkte zwischen von Aarbach und Wälti-Kroll aufgetaucht seien, die er noch zu klären hätte. "Ihr Mann war Zolltechniker, wenn ich das richtig verstanden habe. Was war seine genaue berufliche Aufgabe?"

"Sehr für seine Geschäfte interessiert habe ich mich nicht", sagte die Frau mit einer angenehmen Stimme in tiefer Tonlage. "Es war ja auch eine Tätigkeit, bei der sich viele Abläufe wiederholten. Er hat in erster Linie die Belege der Zollabrechnungen kontrolliert, sie mit den verschiedenen Computerauszügen verglichen. Es war also vorwiegend eine Kontrollaufgabe. Nur ab und zu hat er von interessanten Dingen berichtet, das war immer dann, wenn es irgendwelche Differenzen zwischen Auftragseingabe und Bestätigung gab, wenn zu viel oder zu wenig von einer Sache geliefert wurde, ein Gegenstand zu schwer oder zu leicht war gemessen an den Vorgaben. Meist konnte man dann nicht mehr nachkontrollieren, weil der Empfänger die Lieferung meist abgeholt hatte. Aber natürlich hat Stefan all diese Vorkommnisse registriert, und bei der nächsten Einfuhr wurde die Sendung genau kontrolliert. Aber nur selten ist dabei etwas anderes herausgekommen als ein

Registrierfehler. Immerhin war es diese Recherchiertätig-
keit, die meinem Mann am meisten Spass gemacht hat, und
er hat immer davon geträumt, einmal einen grossen Fang zu
landen."

"Und ist ihm das gelungen?"

"Leider nein. Er hat zwar vor zwei Jahren mal von einer
Sache berichtet, an der er nahe dran sei, aber es ist dann
wohl doch nichts draus geworden. Erzählt hat er nämlich
nichts mehr davon, und ich kann mir denken, dass er mir
einen Reinfall verschweigen wollte."

"Was das war, wissen Sie nicht?"

"Nein. Ich glaube, es ging um einen Export in den
Fernen Osten, aber ganz sicher bin ich mir nicht mehr.
Denken Sie, dass das etwas mit dem Tod meines Mannes zu
tun haben könnte?"

"Ich weiss es nicht, aber ich kann es mir kaum vorstellen. Kannten Sie den Stadtrat von Aarbach, von dessen Tod
Sie bestimmt gehört haben?"

"Nein, ich habe jeweils nur aus der Zeitung von ihm
gelesen, wenn er wieder einen Auftritt im Rat hatte. Aber
persönlich ist er mir nie begegnet."

"Wissen Sie, ob ihr Mann irgendeine geschäftliche
Beziehung zu von Aarbach hatte?"

"Auch davon ist mir nichts bekannt."

"Ich hoffe, Sie sehen mein Problem. Wir wissen nicht,
ob der Stadtrat durch einen Mord ums Leben kam oder ob
er selbst...", Fahrni hüstelte, "...ich meine, Sie entschuldigen,
Ihr Mann hat ja auch einen andern Ausweg gewählt. Wegen
der zeitlichen Übereinstimmung der Todesfälle überprüfen
wir die Hypothese eines Zusammenhangs zwischen den
verschiedenen Personen. Wir kommen da aber einfach

nicht weiter. Ausserdem fehlt uns jedes sinnvolle Motiv. Wenn wir nun eine Bekanntschaft persönlicher oder geschäftlicher Art voraussetzen könnten, wären wir schon einen grossen Schritt weiter."

"Ich kann Ihnen da leider nicht helfen, mir wäre nichts in dieser Richtung bekannt. Aber mein Mann hatte natürlich in seiner Arbeit mit vielen Leuten zu tun."

"Ist es möglich, dass er sich dabei Feinde geschaffen hat?"

"Eigentlich kann ich mir das kaum vorstellen."

"Aber durch die Fälle, die er sich näher angesehen hat, wäre ein Zusammenprall mit jemandem durchaus denkbar."

"Denkbar schon... aber das würde heissen, dass mein Mann umgebracht worden wäre. Ich habe schon Ihrem Kollegen deutlich zu verstehen gegeben, dass ich nicht an einen Selbstmord glaube!"

"Nach dem, was wir gesehen haben, scheint ein Mord ausgeschlossen. Aber wir müssen in dieser Angelegenheit im Moment mit allem rechnen. Wenn wir es nicht tun würden, wäre uns die Kritik der gesamten Öffentlichkeit sicher. Deshalb verzeihen Sie mir bitte, wenn ich indiskrete Fragen stellen muss. Meinem Kollegen ist Ihr Haus und dessen kostspielige Einrichtung aufgefallen. Auch mir scheint, da müsste ein guter Sparer dahinterstecken, wenn einer das alles mit einem Beamtenlohn, wenn es auch einer der höheren Klasse ist, bezahlen wollte. Woher kommt das Geld für all das?"

Marianne Wälti-Kroll wandte sich ab, Fahrni hatte noch gesehen, wie ihre Gesichtsmuskeln zu zucken begannen. Er war froh, wenn sie nicht weinen würde, er wusste, dann

72

könnte er nicht mehr so hart und präzise fragen, dann hatte es kaum einen Sinn weiterzumachen.

"Ich weiss es nicht", antwortete sie schliesslich, "geerbt haben wir nichts, ausser den Zwanzigtausend, die mir meine Mutter hinterliess, aber die stecken nur zur Hälfte im Haus, der Rest liegt auf einem Sparkonto. Stefan hat all das selbst zusammengetragen mit seiner Arbeit."

"Frau Wälti-Kroll, können Sie sich das wirklich vorstellen, dass Ihr Mann das allein mit seinem Lohn bezahlt haben soll? Immerhin sieht alles neu renoviert aus. Seit wann wohnen Sie hier?"

"Seit eineinhalb Jahren, damals hat Stefan das Haus gekauft, dann haben wir es umgebaut. Das meiste haben wir selber gemacht, aber es hat trotzdem eine ganze Menge Geld verschlungen."

"Wieviel?"

"Etwa eine Viertelmillion." Die Frau schluchzte.

Fahrni staunte, wie diese Frau das alles, unbeeindruckt, in bestem Glauben, hingenommen hatte, ohne weiter nach der Herkunft des Geldes zu fragen.

"Wir sind nicht dazu da, einem Opfer nach seinem Tode Vorwürfe zu machen. Aber wenn irgendetwas mit dem Erwerb des Geldes nicht stimmen sollte, dann könnte das sehr wohl mit dem Tod Ihres Gatten zu tun haben. Deshalb möchten wir jedem Hinweis nachgehen. Verstehen Sie das bitte. Ich wäre froh, wenn Sie mir eine Vollmacht geben würden, damit ich die Bankunterlagen einsehen könnte. Noch besser wäre, wenn Sie mich dazu begleiten würden. Es wäre sehr unangenehm, wenn ich über den Staatsanwalt eine Verfügung erwirken müsste. Dann würde allenfalls ein

Ermittlungsverfahren ins Rollen kommen, das schwer wieder aufzuhalten wäre. Überlegen Sie sich das bitte."

Marianne Wälti-Kroll brauchte einige Zeit, bis sie sich erholt hatte. Dann erhob sie sich, schritt wortlos zur Garderobe, zog einen schwarzen Wintermantel an und sagte: "Die Kinder sind bis um fünf in der Schule, gehen wir!"

Die beiden fuhren zusammen zur "Schweizer Bank", wo sie in den Tresorraum hinunterstiegen. Der Beamte steckte seinen Schlüssel ins Schloss, Frau Wälti-Kroll den ihren. Dann waren sie allein in dem Raum, zwischen Hunderten von Schliessfächern, bewacht von Videokameras. Das war Fahrni noch nie aufgefallen, und plötzlich wurde er sich bewusst, wie viel Misstrauen er verbreiten müsste, wenn er in seiner Funktion als Polizeikommissar zu einer Vernehmung ansetzte. Nur mühsam gelang es ihm, sich auf die Unterlagen zu konzentrieren, die er nun vor sich sah. Er überblickte die finanziellen Bewegungen auf den drei Konten, die Wälti-Kroll angelegt hatte. Eines davon war erst ein, das andere knapp zwei Jahre alt, und dennoch fanden hier die grössten Verschiebungen in Beträgen von Zehntausenden von Franken statt. Das älteste Konto hingegen blieb seit fast zwei Jahren auf einem nahezu unveränderten Stand von fünfundzwanzigtausend Franken: die Ersparnisse der Arbeitsjahre. Leider war aus den Zahlen nicht ersichtlich, woher das Geld stammte. Aber Fahrni hatte genug gesehen. Der Verdacht schien begründet. Er sollte jetzt eigentlich die ganzen Unterlagen in Wälti-Krolls Büro durcharbeiten. Aber da musste er damit rechnen, dass dieser die verhängnisvollen Akten längst vernichtet hatte. Deshalb hoffte er auf eine andere Spur, ohne sich auf diese Arbeit einlassen zu müssen.

Und dann stieg plötzlich die Angst in Fahrni empor. Hatte ihm nicht einmal von Aarbach von einem Zollbeamten erzählt, ohne weiter auf Details eingegangen zu sein, von einem Mann, der ihm wertvolle Dienste leiste und den er nicht hoch genug entschädigen könne? Fahrni begann zu schwitzen, er wollte möglichst schnell weg. Den Witwentröster konnte er nicht spielen, er musste die Frau sich selbst überlassen, auch wenn er derjenige war, der eine Krise ausgelöst hatte. Er wollte nur noch weg.

13

Als Fahrni am Dienstagmorgen ins Waisenhaus kam, schien es ihm, er würde von einer andern Atmosphäre erwartet als üblich. Die Kälte draussen hatte sich ein wenig gelegt, dennoch schien es ihm frischer hier, zugiger und aromatischer. Er wunderte sich über sein neu gefundenes Wahrnehmungsvermögen. Schmidt und Meister erwarteten ihn schon im Büro.

Fahrni hatte kaum Zeit, seinen Mantel auszuziehen, als Schmidt schon rausplatzte: "Order von oben: Sofort müssen Ergebnisse her! Der Chef wird langsam nervös, der Druck von politischer Seite wächst von Stunde zu Stunde. Er macht kaum mehr was anderes, als besorgte Potentaten zu beruhigen. Du kannst dir nicht vorstellen, wie viele Gesuche um Persönlichkeitsschutz wir in den letzten Tagen erhalten haben. Es würde sich vielleicht lohnen, bei denen im Privat- und Geschäftsleben zu recherchieren, um rauszufinden, was sie denn so alles zu verbergen haben."

"Dazu fehlt uns im Moment die Zeit. Aber wir können ja mal erste Dossiers anlegen, damit wir im Bedarfsfall etwas zur Hand haben. Irgendwie müssen sie ihre Anträge ja begründet haben."

"Noch etwas", doppelte Schmidt nach, "hast du die Zeitung schon gelesen?"

"Nein, ich wollte mir den Morgen nicht verderben. Steht etwas Wichtiges drin?"

"Nichts, was uns weiterhelfen könnte. Aber der Kommentar ist interessant. Lies doch selbst." Schmidt schob Fahrni die Zeitung über den Tisch und tippte auf die Kolumne am rechten Rand auf der Frontseite.

Fahrni las vor: *"Wir brauchen uns nicht zu wundern, wenn in der Stadt eine beträchtliche Unruhe entstanden ist. Sind doch drei Menschen innert dreier Wochen zum selben Zeitpunkt ums Leben gekommen, und die Polizei hat uns nichts weiter zu sagen als: 'Zwischen den verschiedenen Todesfällen besteht nach den bisherigen Ermittlungen keinerlei Zusammenhang'. Vielleicht wäre es an der Zeit, dass der Druck der öffentlichen Meinung die Verantwortlichen dazu bringt, fähige Leute mit der Untersuchung der Vorkommnisse zu betrauen. Zweifellos konnte man den ersten Fall noch missdeuten, auch nach dem Tod des Zollbeamten hätte man guten Gewissens an einen Zufall denken können. Aber nach dem, was mit Stadtrat von Aarbach geschehen ist, geht es nicht an, die weiteren Zusammenhänge - man ist versucht zu sagen - zu vertuschen. Hier müssen entschlossene Leute her, die sich nicht scheuen, hart durchzugreifen."*

"Das hat uns grade noch gefehlt! Der Chef wird auch kein glückliches Gesicht machen. Aber soll mir mal einer sagen, wie wir ohne einen Hinweis aus der Öffentlichkeit unsere Arbeit machen sollen. Wir sind doch keine Zauberlehrlinge!"

"Das hättest du dir überlegen müssen, bevor du dich zum Kommissar machen liessest", wandte Meister ein, dem es ein gewisses Vergnügen bereitete, dass der Jüngere, der sich so gerne als Chef aufspielte, für einmal in der schlechteren Position war. "Im Bus heute morgen hat's auch nicht gerade erfreulich getönt. Das Zutrauen in unsere Fähigkeiten scheint nicht gross zu sein."

"Was ja auch verständlich ist", sagte Schmidt, "mir ginge es wohl als Aussenstehendem genauso. Jedenfalls müssen wir irgendetwas von uns aus lancieren, der Öffentlichkeit und den Politikern etwas vorwerfen, an dem sie eine Zeitlang zu beissen haben. Wie wär's mit einem Fragebogen, mit dem wir die Leute zur Mitarbeit aufrufen? Wenn der Chef eine Belohnung bewilligt, wird die kriminalistische Ader der Masse über den Geldbeutel direkt angesprochen."

"Und was sollte in diesem Fragebogen drinstehen, damit es uns etwas bringt und letztlich doch nicht blamiert?" fragte Meister, dem sein Ansehen in der Nachbarschaft doch wichtig zu sein schien.

"Die Idee ist gar nicht schlecht. Probieren wir's doch aus. Jeder listet ein paar Probleme auf, und dann sehen wir, was wir gebrauchen können." Fahrni schien dies als Ablenkung gerade recht zu sein. Wenn es in der morgigen Ausgabe der Zeitung kommen sollte, müsste es allerdings im Verlauf des Nachmittags druckfertig sein.

Schmidt bemerkte: "Du könntest selbst beginnen, sicher hast du gestern etwas rausgefunden, was uns noch nicht bekannt war. Du hast bisher so sonderbar wenig davon erzählt."

Fahrni räusperte sich: "Nun ja, so wahnsinnig viel war es nun auch wieder nicht. Viel weiter als Meister bin ich nicht gekommen. Eine direkte Verbindung zwischen Wälti-Kroll und von Aarbach ist nicht bekannt. Der Besitz der Familie ist allerdings beträchtlich. Die Frau hat sich nach unserem Gespräch dazu bereit erklärt, mir die Unterlagen, die in einem Tresorfach auf der Bank liegen, zu zeigen."

Schmidt pfiff bewundernd durch die Zähne: "Da bist du aber rangegangen!"

"Lass die blöden Sprüche. Denkst du, es macht mir besonders viel Spass, mit einer heulenden Witwe unter Videokameras zu stehen und Bankkonten durchzusehen? Jedenfalls ist in den letzten beiden Jahren ziemlich viel Geld hin und her bewegt worden, es muss jederzeit genug davon vorhanden gewesen sein. Sicher waren die Beträge zu hoch für den Posten, den Wälti-Kroll besetzte. Aber woher das Geld kam, konnte ich natürlich nicht aus den Konten lesen. Leider will auch die Witwe nichts davon wissen. Sie hat jetzt auch sicher genug damit zu tun, den Besitz zu verwalten. Sie dürfte selbst am wenigsten Interesse daran haben, die Herkunft des Geldes abzuklären."

"Und wir können von dieser Seite auf weitere Informationen verzichten. Falls überhaupt welche vorhanden wären, dienten diejenigen, die wir zu Gesicht bekämen, wohl in erster Linie zur Vertuschung der wahren Umstände. Ich finde", meinte Schmidt, "hier sollten wir völlig spekulativ eine Verbindung zwischen den beiden annehmen und das bekanntgeben. Erste Frage an die Öffentlichkeit: 'Wer hat Olivier von Aarbach und Stefan Wälti-Kroll miteinander gesehen, wann und wo geschah dies?'"

"Dann sollten wir die Umstände von Wälti-Krolls Tod doch genauer erfragen", warf Meister ein, "zweite Frage: 'Wer hat etwas beobachtet, das mit dem Tod des SBB-Zolltechnikers Stefan Wälti-Kroll am Donnerstag, dem 18. Januar, in Zusammenhang stehen könnte?'. Und die dritte Frage: 'Wer hat an besagtem Abend irgendeine Beobachtung in oder in der Nähe der SBB-Generaldirektion gemacht?'"

Fahrni verzog das Gesicht: "Alles völlig richtig, aber wird man uns dann nicht vorwerfen können, wir würden nur

Fragen stellen, die wir schon längst hätten beantworten sollen, wir würden uns im Aufstellen von Routineermittlungen erschöpfen und das Wichtige ausser Acht lassen?"

"Und was wäre das Wichtige?" fragten Schmidt und Meister gleichzeitig.

"Wenn ich das selber wüsste! Vierte Frage an alle Bekannten der Toten: 'Gäbe es irgendein Motiv für einen gewaltsamen Tod der Ihnen bekannten Person? Haben Sie einen Grund, an einem Selbstmord zu zweifeln?'. Das tönt zwar schon bald nach Verzweiflungstat unsererseits, aber wenn wir uns schon in dieser Form an die Öffentlichkeit wenden, muss sie sich alle Fragen gefallen lassen."

Meister konterte: "Fünfte, nein sechste Frage: 'Gibt es jemanden, der im Kursaal eine Beobachtung gemacht und der sich bei uns noch nicht gemeldet hat?'. Siebtens: 'Woher hatte Stefan Wälti-Kroll eine Pistole?'"

"Schliesslich noch: 'Wer hat etwas beobachtet, das mit dem Tod der Susanne Weibel am Donnerstag, dem 11. Januar, in Zusammenhang stehen könnte?'" Schmidt schloss die Runde.

Fahrni meinte denn auch, dass dies vorerst genug sein würde, um die Leute in Trab zu halten. Wenn wirklich mehr dahinter stecken sollte, wäre es mindestens für den oder die Mörder im Moment ziemlich unangenehm, die Stadt Bern würde zu einem heissen Boden. Auch wenn nichts weiter dahintersteckte, wäre man einige andere Sorgen mit Klein- und Gelegenheitskriminalität für eine gewisse Zeit los. Von daher bedauerte es der Kommissar geradezu, dass er nicht öfter die Möglichkeit solcher Aufrufe an die Öffentlichkeit hatte.

Dann stellte er fest: "Jetzt bleibt uns nur noch herauszufinden, welche der Herren - oder sind auch Damen dabei? -, die Polizeischutz für sich beantragten, in ihrer Begründung irgendeine engere Beziehung zu Stadtrat von Aarbach angegeben haben. Vielleicht kommen wir von dort auf eine neue Spur."

"Da dürftest du aber beim Polizeipräsidenten auf Schwierigkeiten stossen. Er ist schon wütend genug, dass der Name von Aarbachs so sehr in der Presse herumgereicht wird. Er wird grosse Bedenken haben, uns auch nur einen der Gesuchsteller mit Namen preiszugeben."

"Aber irgendeine Hilfe wird er uns wohl zukommen lassen", bettelte Fahrni.

"Da zählst du auf den Falschen. Dieser Fall ist jetzt zu einer Prestigeangelegenheit geworden, die nicht mehr nur ein paar Selbstmorde oder Morde betrifft, sondern die Gesellschaftsstrukturen der Stadt angreift. So lange im Falle von Aarbachs nicht ein sauberer Selbstmord oder ein Racheakt im Zusammenhang mit einem schmutzigen Geschäft nachgewiesen worden ist, so lange werden die Damen und Herren keine Ruhe haben. Auch dann wird es für die Arbeitgeberpartei schwierig sein, ihre saubere Weste zu wahren, ohne bei den nächsten Wahlen an Terrain zu verlieren. Und daran hat doch niemand Interesse, schon gar nicht der Chef, der in derselben Partei mit dabei ist."

Schmidt hatte den Nagel auf den Kopf getroffen, Fahrni gab sich im Moment geschlagen. Für alles wollte er jedoch nicht verantwortlich gemacht werden. Einmal war Schluss, und wenn es endgültig aus sein sollte mit der Polizeilaufbahn. Ein Mann mit seinen Fähigkeiten kam auch in einer andern Organisation unter!

14

Ariane wollte sich heute abend mit Walter Schmidt treffen. Deshalb hatte sie sich von Silviane Zutter einladen lassen, ihrer langjährigen Kollegin und seit einiger Zeit Freundin des Fahnders. Ariane hatte ein Abendessen arrangieren können, Silviane aber hatte es so eingerichtet, dass sie mit ihrem Freund im Hause bleiben konnte. Ihre Kollegin allerdings würde später noch einmal in die unangenehme Kälte rausmüssen. Trotzdem war es Ariane recht, so konnte sie sich verabschieden, wann sie wollte.

Sie hatte sich die Ereignisse der letzten Tage nochmals durch den Kopf gehen lassen, es war ja nach dem Tode von Aarbachs eine gewisse Unruhe in der Stadt zu verspüren. Jetzt war es Dienstagabend, und schon warteten alle gespannt darauf, ob diesen Donnerstag wieder etwas passieren würde. Die Nervosität war förmlich zu fühlen, sie hatte sich als Schleier über die Stadt gelegt.

Trotz der unguten Vorzeichen und obwohl es um fünf Uhr nachmittags schon dunkel war, brachte Ariane den Weg zu ihrer Freundin zu Fuss hinter sich. Es waren gut zwanzig Minuten von ihrer Wohnung in der Nähe des Eigerplatzes bis zur Matte, wo Silviane zu Hause war. Glücklicherweise lag nichts vom Weg im Bereich eines Tatorts, nur der Marzilibahn würde sie nahe kommen, aber nicht nahe genug. Der Feierabendverkehr war stark, der Nebel, der sich über dem Aaretal gebildet hatte, erschwerte das ohnehin schon mühselige Atmen im Abgasdunst noch mehr. Ariane fluchte innerlich auf all die Autofahrer, die allein in ihrem Wagen sassen und alles Recht der Welt für sich in Anspruch nahmen, die Luft zu verschmutzen. Es war unangenehm, bis zur Monbijoubrücke zu gehen, wo Ariane endlich eine Betontreppe nach unten nehmen konnte, kein gemütlicher Ort zwar, aber direkt und schnell weg vom Verkehr, der jetzt über ihrem Kopf dröhnte und die Brücke in leichte Schwingungen versetzte.

Heute fiel ihr nichts auf unterwegs, im Gegenteil. Ihre Gedanken befassten sich mit der Strasse, die entlang dem Marzilibad von Alleebäumen gesäumt war und sich in einiger Entfernung im Nebel verlor, so dass es aussah, als ob sie jenseits der Welt ende. "Wie unser Fall, dem man Baum für Baum näherzukommen scheint und dessen Lösung sich doch hinter einer undurchdringlichen Wand versteckt. Doch wenn man der Wand entgegentritt, stellt man fest, dass sie vor jedem Schritt, den man macht, zurückweicht, sich auflöst, um sich weiter hinten wieder zu festigen. Die Beharrlichkeit drängt alles zurück ans Licht, aber sie reicht nie aus, die ganze Masse zu durchleuchten. Man macht die Arbeit des Sisyphos, rollt Steinchen vor sich her und befindet sich am Ende am gleichen Ort wie zuvor. Eine Haselmaus in der drehbaren Trommel kommt trotz ihrer Anstrengungen auch keinen Zentimeter voran, und die Siege unterwegs erweisen sich als fruchtlose Erfolge, wenn man das Ganze betrachtet." Dies dachte Ariane, und es schien ihr plötzlich ein seltsames Spiel zu sein, was sie da trieb. Vor und hinter ihr würden sich neue Verbrecher, neue Abhängige, neue Detektive an eine Arbeit machen, die sich von der bisherigen nur durch Nuancen unterschied. Diese Nuancen waren die beteiligten Personen - obwohl wir das immer für das Wichtigste halten -, die wechselnden Tatorte, das neue Motiv. Ein Ende war nicht abzusehen.

Die Gedanken erschöpften sie. Sie sah den Nebel nun etwas lichter werden, seltsam, ausgerechnet über dem kalten Fluss, aus dem die einzelnen Schwaden aufdampften und tanzende Nebelfeen wurden: nackte, zarte Gebilde, die das Wasser als Heimat hatten und darauf schwebten mit ihren kalten Füssen, die zu weinen schienen wie Undine am Tag, als sie das Vertrauen ihres irdischen Mannes verlor. Auf dem Stauwehr, das einen Teil des Flusses abtrennte vom Lauf um die alten Teile der Stadt herum, sassen die Möwen mit ihren spitzen Schnäbeln. Die meisten waren schon eingeschlafen über dem tosenden Fluss, nur selten stiessen sie im Traum einen der klagenden Schreie aus. Das Wasser, das der Mühle zufloss, zog mit grosser Kraft und nur wenigen kreiselnden Bewegungen seinen Weg, begleitete Ariane, und es schien ihr, als wollte es sie überreden mitzugehen, hineinzuspringen und sich aufzulösen in den Fluten. Es war ein verlockender Moment.

Bald jedoch kamen links wieder Häuser in Sicht, noch etwas weiter, und der Nebel lichtete sich auch auf der Rechten über den Sandsteingebäuden, so dass Ariane wieder Boden unter den Füssen spürte. Es waren die zwei Schulhäuser, die sie sah, das eine hatte der Expressionist Ferdinand Hodler besucht, leider stand auf der Gedenktafel nicht, was er in seiner Zeit dort gelernt hatte. Die Turmuhr jedenfalls erinnerte an die Tugenden der Pünktlichkeit und Zuverlässigkeit. Dieser Teil der Stadt war früher das Quartier der Flösser und Huren, der billigen Arbeiter und der Ausgestossenen, von der besseren Gesellschaft, die hoch über dem sumpfigen Gelände auf dem Felssporn thronte und auf die mittelalterlichen Parias hinabblickte, gemieden, obwohl sie ohne diese Menschen nicht lebensfähig war. Doch heute zogen immer mehr Leute mit Geld in die renovierten Altbauten, deren Mieten von den einfachen Arbeitern nicht mehr zu bezahlen waren. Silviane hatte insofern noch Glück gehabt, dass sie diese Idee schon vor ein paar Jahren gehabt hatte und so noch zu einer relativ günstigen Zweizimmerwohnung auf der Aareinsel gekommen war. Sie lag direkt über dem Fluss. Ariane konnte sich nicht vorstellen, hier zu leben, schon dieser Weg bedrückte sie zu sehr.

Walter und Silviane erwarteten sie schon. Das war ihr jedoch unangenehm, denn eigentlich hätte sie gern noch ein wenig allein mit ihrer Freundin geredet. Jetzt war die Stimmung etwas gezwungen. Es war das erste Mal seit ihrem nicht ganz freiwilligen Abgang aus dem Polizeidienst, dass sich Walter und Ariane wieder sahen. Und obwohl sie sich gut verstanden hatten, blieb ein Misstrauen den ganzen Abend lang nicht zu verbergen. Mit Belanglosigkeiten und unverbindlichem Gespräch verbrachten die drei die ersten Stunden, sie assen relativ rasch und unkonzentriert, fast bedauerte Silviane die Einladung schon. Sie strich sich durch ihre kurzen blonden Haare und ging einen Moment ins Bad, um - wie sie vorgab - ihr Make-up wieder in Ordnung zu bringen. Tatsächlich brachte sie ein leichtes Rouge auf ihren Wangen an und strich ihre Lippen mit dem knallroten Stift, während sie sich überlegte, wie sie ein vernünftiges Gespräch in Gang bringen konnte. Sie fürchtete sich vor dem Small-talk und hatte gleichzeitig Angst, die beiden könnten wegen der polizeilichen Ermittlungen in der Mordsache aneinandergeraten. Silviane strich schliesslich ihren Wollrock glatt und nahm die schwarze Jacke vom Haken. Es schien ihr kühl geworden zu sein.

Als sie zurückkam, waren die beiden, wie sie befürchtet hatte, bereits auf das Thema zu sprechen gekommen. Ariane fragte eben nach dem Stand der Polizeiaktivitäten, und Walter antwortete: "Du weisst, dass ich dir nichts sagen dürfte. Der Chef würde mich in Stücke reissen, wenn er wüsste, dass ich mich mit dir treffe. Ich zähle auf deine absolute Verschwiegenheit!"

Ariane nickte.

"Also gut. Fahrni meint, wir hätten es hier mit einer Reihe von unglaublichen Zufällen zu tun. Das ist ihm zwar offiziell nicht anzumerken, aber ich bin mir ganz sicher. Er verfolgt alle unsere Ermittlungen nur mit halbem Ohr, obwohl er doch eigentlich selbst die grösste Entdeckung gemacht hat."

"Was denn?" fragte Silviane dazwischen. "Davon hast du mir bis jetzt noch nichts erzählt."

"Wir haben es auch erst gestern erfahren. Wälti-Kroll, du erinnerst dich, der Zolltechniker, der sich erschossen hat, hat in den letzten zwei Jahren auffallend viel Geld über seine Konten laufen lassen. Es steht fest, dass er sich damit ein Haus gekauft und eingerichtet hat. Aber woher das Geld kommt, wissen wir leider nicht. Auch seine Frau will davon keine Ahnung haben."

"Das ist ja gut möglich, ich weiss auch nicht, wie viel du auf deinen Konten verschiebst und woher es kommt!" Silviane versuchte das Gespräch etwas aufzulockern.

"Was nehmt ihr denn als Todesursache an? Glaubt ihr immer noch an die Selbstmordtheorie, wie sie offiziell verlautbart wurde?" fragte Ariane.

"Du etwa nicht?" konterte Walter.

86

"Aber hör mal! In drei Wochen kommen immer zur selben Zeit drei Leute unter seltsamen Umständen um, und ihr quasselt von Selbstmord. Wohl eine Sekte, die sich mit kollektivem Todesmut zum Ziel gesetzt hat, das Vertrauen in die Polizei zu untergraben oder was? Du kannst mir doch nicht erzählen, dass du diesen Blödsinn glaubst!"

"Was hättest du denn anzubieten?" Schmidt traute seiner alten Kollegin nicht ganz über den Weg. Vielleicht wusste sie mehr, als sie sagte.

"Ich denke, dass da ein direkter Zusammenhang besteht zwischen den drei Personen, sicher sind noch mehr in diese Sache verhängt. Immerhin gibt es einen oder mehrere Mörder. Mir kannst du nicht erklären, dass die alle genug vom Leben hatten. Mindestens Wälti-Kroll und von Aarbach müssen miteinander zu tun gehabt haben. Ob auch die Frau daran beteiligt oder ob sie nur Opfer war, ist im Moment unerheblich."

"Und was soll das für ein Ding gewesen sein?" fragte Schmidt.

"Das wäre eure Aufgabe, das rauszufinden. Ich würde von Aarbachs Geschäftsbeziehungen mal ganz genau unter die Lupe nehmen. Aber da scheinst du keine grosse Lust dazu zu haben, nach dem Gesicht zu schliessen, das du jetzt machst." Ariane lachte.

Walter rümpfte gekränkt die Nase: "Erklär das mal lieber dem Fahrni. Wir müssen ja froh sein, wenn wir überhaupt etwas laut sagen dürfen. Die besseren Herrschaften werden sowieso nur mit Handschuhen angefasst. Wahrscheinlich müssen wir in nächster Zeit Personenschutz statt Aufklärungsarbeit leisten. Das ist nicht nur ein

Einfall von Fahrni, der Oberboss selber dreht langsam durch."

"Das sieht den beiden so ähnlich! Kollektive Unentschlossenheit scheint das Markenzeichen der Berner Polizeihauptwache zu sein. Da habe ich wirklich nichts mehr zu suchen. Was mich aber noch mehr erstaunt, ist, dass ihr tatsächlich nicht mehr zu wissen scheint, als in den Zeitungen steht."

"Gib mir einen Tip, wo wir anfangen sollen", maulte Schmidt, und Silviane war schon besorgt, dass es zum Streit kommen könnte.

Aber Ariane antwortete bloss: "Wenn ich etwas mehr wüsste, würde ich es euch kaum unter die Nase reiben. Ausserdem liegt alles daran, dass ihr Fahrni hörig seid und euch nie getraut, etwas auf eigene Faust zu unternehmen aus Angst davor, es nachher rechtfertigen zu müssen. Ein altes Übel der Untergebenen, die Angst des Sklaven vor der Freiheit."

"Du scheinst die Freiheit ja zu geniessen. Aber hast du auch was zu fressen dabei?" Schmidt wurde nun doch langsam missmutig.

"Vorderhand sorgt die Stadtkasse noch ganz gut für mich. Und irgendetwas Vernünftiges wird mir in meinem Leben wohl auch einmal einfallen, nachdem das mit der Polizei schon nicht gerade die beste Idee war." Ariane leerte ihr Glas und machte Anstalten zu gehen. Es war auch schon recht spät, sie wollte mit einem Taxi zurückfahren und bat Silviane, ihr eines zu bestellen. Während ihre Freundin telefonierte, flüsterte sie Walter zu: "Man kann zu alten Freunden ja nicht so sein. Hör dich doch mal in der Drogenszene um! Aber du musst dich beeilen, bald ist Donnerstag, dann wird's wohl neue Arbeit geben!"

Verblüfft starrte Schmidt seine ehemalige Kollegin an und sagte: "Genau, was ich mir vorgenommen habe. Leider liegt im Moment aber nichts drin. Wir haben enorm viele Routinearbeiten, auch wenn das jetzt völlig sinnlos ist. Aber Fahrni lässt uns einfach keine Zeit. Ich habe das Gefühl, er möchte die Sache lieber allein und diskret erledigen. Übrigens: Woher hast du den Tip?"

Ariane bückte sich zu ihm, bis sich ihre Lippen fast berührten und legte den Finger des Schweigens dazwischen. Dann lächelte sie und verabschiedete sich von den beiden, die erstaunt zurückblieben.

15

Ratte zerrte UrSextrem an ihrem Halsband, als er in den Bus einstieg, hinterher nahmen Rico und Lolita in einem Satz die drei Stufen. Sie liessen sich in den Vierersitz im hinteren Teil plumpsen und verstummten, während sie von den anderen Passagieren mit einem gewissen Widerwillen gemustert wurden. Heute aber hatten sie keine Lust, auf diese Blicke mit Provokationen zu reagieren, sie hatten Wichtigeres vor.

Lolita hatte ihren Hut verloren, so dass die schwarzen Haare nun stachlig vom Kopf abstanden. Rico strich ihr mit der ganzen flachen Hand beruhigend durch die widerspenstigen Borsten. Es machte den Anschein, als ob Lolita eben noch geweint hätte. Die Schatten unter ihren Augen waren tiefer geworden, und sie sah weit älter aus, als sie war. Ratte zerrte am Halsband, bis sich UrSextrem widerwillig von ihm abwandte und klönte: "Nun lass mich mal in Ruhe, ich möchte überlegen, was wir denen alles sagen sollen!"

"Es ist an ihnen zu reden, mir sollen sie nicht weismachen, sie wüssten von nichts", brummte Ratte.

"Lass endlich das Halsband los, du tust mir weh!" schrie UrSextrem ihn an. "Wir müssen aber trotzdem wissen, welche Dinge die nichts angehen, schliesslich war Suslowa eine von uns. Und wir wollen sie rächen und nicht den andern helfen."

"Halt die Klappe", sagte Lolita, "mir ist schlecht. Ich kotz denen die Diele voll, wenn ihr nichts mehr zu sagen wisst!"

Rico strich eben über seinen Irokesen, als sich der Bus mit einem Ruck in Bewegung setzte. Er wäre fast von der Bank gefallen, aber im Gegensatz zu besseren Tagen nahm er es hin. Er war nervös.

Drei Stationen mussten sie fahren, am Rathaus stiegen sie aus und suchten das Haus mit dem Namensschild von Aarbachs.

"Ausgerechnet an der Gerechtigkeitsgasse muss der Typ wohnen!" Lolita war ausser sich vor Hass.

"Das braucht dich nicht zu wundern. Die Gerechtigkeit gibt's eben nur für die Reichen. Das siehst du ja jeden Tag. Du könntest hundert Stunden schuften die Woche, könntest du damit eine solche Wohnung finanzieren?" meinte Ratte.

"Wenn ich so anschaffe wie der Typ, problemlos", gab sie zurück.

Es war kurz nach elf, als Lolita die Klingel an der Wohnungstür drückte und sie nicht mehr losliess, bis Renate von Aarbach öffnete. Ohne auf ihren Protest zu hören, zwängten sich die vier an ihr vorbei in die Wohnung, gingen durch bis zum Wohnzimmer und flatschten sich in die Polstergruppe. Das dunkle Holz schüchterte sie ein, machte die Wut aber fast greifbar. Inzwischen waren auch Anja und Pierre sowie Frau von Aarbach ins Zimmer gekommen, wo sie erstaunt und im ersten Moment sprachlos das Spektakel verfolgten.

Schliesslich wetterte die Mutter mit seltsam belegter Stimme los: "Was machen Sie hier? Verlassen Sie sofort unsere Wohnung oder ich hole die Polizei!" Dann wandte sie sich verängstigt an ihre Töchter: "Das sind doch keine Freunde von euch?"

"Da können Sie ganz beruhigt sein, mit Ihrer Brut haben wir nichts zu tun. Und das mit der Polizei schlagen Sie sich mal schleunigst aus dem Kopf. Rico!"

Rico schaute sich im Wohnzimmer um, stand dann auf, öffnete die linke, darauf die rechte Tür, wo sich das Arbeitszimmer befand. Er trat ein. Wie in einer Zeitlupenaufnahme sah man ihn zum Schreibtisch vorrücken, wo er das Telefon in die Hand nahm und einmal, zweimal kräftig an der Leine riss, bis diese aus ihrer Halterung gelöst war. "So weit zum Telefonieren", stellte er befriedigt fest, "und jetzt zu euch!"

UrSextrem setzte sich auf die Lehne des Sofas, die dreckigen Schuhe auf dem teuren Leder. Niemand wagte zu protestieren. "Wir haben die Beschreibung einer Wohnung. Sie lautet: Ein dunkles, hohes Wohnzimmer, ein geräumiges Büro mit grossen Fenstern auf die Strasse hinaus, eine Bar, ein Ehebett...", da fiel ihr ein: "Wo ist denn das Schlafzimmer?"

"Was wollen Sie denn da?" fragte Anja. "Und was soll das überhaupt mit dieser Beschreibung? Von der Art gibt es doch Hunderte von Wohnungen in der Stadt!"

"Aber nur eine in der Gerechtigkeitsgasse", spuckte Lolita aus.

"Und nur eine mit der Familie von Aarbach drin", stotterte Rico, "und auf die sind wir scharf!"

"Ist das eine Hausbesetzung?" wollte Frau von Aarbach wissen.

Ratte lachte.

"Halt die Schnauze!" fauchte ihn UrSextrem an. "Wir sind nicht zum Spass hier. Erinnert ihr euch an ein Mädchen, das vor drei Wochen unterhalb der Bergstation der Marzilibahn ermordet worden ist?"

"Ich denke, die hat sich aufgehängt", plapperte der Junge drauflos.

"Vielleicht schicken Sie den Kleinen mal in die Küche, das ist nichts für Kinderohren. Er soll sich dort ganz still verhalten."

Obschon das Pierre ganz und gar nicht passte, musste er sich wohl oder übel in den Befehl seiner Mutter schicken. Murrend zog er ab. Als die Tür ins Schloss gefallen war, fuhr Ursextrem fort:

"Das war Suslowa, unsere Freundin. Sie wurde umgebracht, weil sie zu viel wusste."

"Anschnallen!" platzte Ratte dazwischen.

"Wie wär's mit 'nem Drink", meinte Rico, und auch Lolita stimmte zu, obwohl sie von UrSextrem missbilligend angeschaut wurden. "Zwei Gin Tonic, bitte!" sagte sie in hartem Ton zu Anja, die sich zögernd erhob, mit einem Blick auf die Mutter, die wie in Trance nickte, und das Gewünschte bereitstellte.

UrSextrem sprach schliesslich weiter: "Die Suslowa, Sie haben kaum das Vergnügen, sie näher zu kennen, hat nämlich mit dem Feuer gespielt. Und sie hat sich daran verbrannt."

"Was geht uns eure Suslowa an?" fragte Renate, über die Punks ganz schön in Wut geraten. Was waren das bloss für Leute, die einfach Fremde belästigten, noch dazu in ihrer eigenen Wohnung und zur Trauerzeit!

"Sehr viel, und da komme ich wieder aufs Ehebett zu sprechen", dozierte UrSextrem, "dort ist das Mädchen nämlich zur Frau geworden, unter hässlichen Umständen, möchte ich sagen. Deshalb hätten wir uns den Ort des Geschehens gerne näher angesehen. Haben Sie ein Bild Ihres Mannes da?"

Aber Marianne von Aarbach hatte es die Sprache verschlagen, sie brachte den Mund nicht mehr zu.

"Ich meine, wir hätten den Vergewaltiger gern mal gesehen, was für einen Eindruck er zu Lebzeiten gemacht hat." Lolita betonte jedes ihrer Worte einzeln und liess das Gift langsam wirken.

"Suslowa hat es nämlich keinen grossen Spass gemacht. Die Techniken Ihres Mannes waren nicht vom Feinsten. Aber wem erzählen wir das, Sie wissen es wohl selbst am besten. Oder hat er Sie in letzter Zeit nicht mehr so oft belästigt, weil er anderweitig beschäftigt war?"

Die Stiche sassen tief.

Auch Ratte doppelte nach: "Wann habt ihr denn den Erzeuger zum letzten Mal gesehen?" fragte er die jungen Frauen. "Ich meine, er konnte ja gar nicht mehr so oft zuhause anzutreffen gewesen sein, bei all den Aktivitäten, die auf seinen hoffentlich breiten Schultern lasteten."

"Was für Aktivitäten, was sprecht ihr von Vergewaltigung?" Renate war blass geworden, die Mutter hatte Tränen in den Augen.

"Tut nicht so scheinheilig. Wir setzen euch das jetzt noch mal ganz klar auseinander. Erstens: Euer Mann und Vater war ein recht begabter Drogenhändler."

Rico ergänzte: "Heroin!"

"Die Dreckarbeit allerdings überliess er den Kleinen, so wie Suslowa, oder auch mir." Ratte verstummte.

UrSextrem fuhr weiter: "Das ist aber noch nicht alles. Zweitens: Papi war ein begnadeter Schürzenjäger. Allerdings hat er nicht gern bar bezahlt. Deshalb gab's keinen Stoffnachschub, bis das Mädchen mit ihm im Bett gewesen ist. Je jünger sie war, desto schneller ging das dann ."

Lolita vollführte den Todesstoss: "Drittens: Der liebe und fürsorgliche Olivier ist ein Mörder! Er hat Suslowa auf dem Gewissen. Obwohl er sich kaum selbst die Hände schmutzig gemacht hat, wissen wir ganz sicher, dass er den Auftrag gegeben hat."

"Ihr seid Schweine, hört auf!" schrie Anja.

Kalt erwiderte Lolita: "Wer hier das Schwein ist, wollen wir erst mal feststellen. Wo war Papi denn am Abend des Donnerstags, an dem der Mord geschah? Zur Erinnerung: Es war der 11. Januar."

Schweigen.

"Na los, raus mit der Sprache!" befahl Lolita.

Die Mutter räusperte sich, und sagte dem Umstand entsprechend gefasst: "Ich kann es nicht glauben, was Sie da sagen. Aber ich habe mir in den letzten Nächten mehr als einmal darüber Gedanken gemacht, warum Olivier sterben musste. Jedenfalls weiss ich nicht, wo er an diesem Donnerstagabend war. Und auch zur Zeit des zweiten Todesfalls war er nicht zuhause."

"Mutter!" Anjas vorwurfsvolle Stimme weckte die Mutter ein wenig aus ihrer Lethargie.

"Was gesagt werden muss, muss einmal gesagt werden", beharrte sie.

"Das wäre aber eher etwas für Fahrni als für diese Leute hier!"

"Dem Schleimscheisser willst du helfen? Der macht dir den Papi auch nicht wieder lebendig!" UrSextrem war wütend. "Wir haben eine gute Freundin zu beklagen. Und wir wären nicht hier, wenn wir sicher sein könnten, dass mit Herrn von Aarbach der Mörder tot wäre. Wenn er's aber nicht allein gewesen ist, oder wenn er nur den Auftrag gegeben hat, dann wollen wir den andern. Der ist dran, wenn wir ihn in die Finger kriegen!"

"Und das werden wir, worauf ihr euch verlassen könnt!" fauchte Lolita. "Ihr tätet besser daran, mit uns zusammenzuarbeiten. Vielleicht hat derselbe Typ auch euren Vater umgebracht. Ihr glaubt ja hoffentlich nicht an den Quatsch von Selbstmord."

Ratte meldete sich zurück: "Das ist eine ausgeklügelte Sache. Von der wird auf der Gasse längst gesprochen. Es gibt nicht mehr so viel Stoff, seit die Bullen ständig präsent sind. Was glaubt ihr, wie das ein paar Freaks an die Nieren geht! Und damit haben die Morde etwas zu tun. Jetzt fehlen uns noch die wichtigen Leute im Hintergrund."

"Wenn ihr uns helft, kriegt ihr sogar eine Belohnung." Rico war aufgestanden, er wurde zusehends nervöser. "Falls ihr uns aber die Polente auf die Fersen hetzt, statten wir euch einen zweiten Besuch ab, von dem ihr euren Enkeln noch erzählen könnt!"

"Na, den Gesichtern nach zu schliessen, fällt das gemeinsame Totenmahl wohl aus." Ratte hatte genug von der Sache, er wollte raus, noch war es zu früh für eine Begegnung mit der Staatsmacht. "Denkt darüber nach. Wir melden uns wieder!"

Rico schüttelte seine Mähne, während sich die andern erhoben und schliesslich wortlos hinaustraten in den Gang, wie ein Spuk, der durch Wände geht, aber umso nachhaltiger im Kopf zurückbleibt.

Völlig erschöpft liessen sich die drei Frauen in die Polster gleiten. Langsam kamen ihnen die Tränen, und als sich schliesslich Pierre wieder ins Wohnzimmer traute,

96

schluchzten alle haltlos. Die Anspannung des Moments, die Enthüllungen der Punks - auch wenn sie ihnen keinen rechten Glauben schenken konnten -, hatten sie erschöpft, sie waren mit den Nerven am Ende. Pierre überblickte die Lage mit Staunen, es schien ihm geraten, wieder zu verschwinden.

Endlich raffte sich Renate, die jüngste, auf. Sie war von der Schule her mit der Drogensituation halbwegs vertraut. Sie sagte: "Wenn nur das kleinste Detail an dieser Geschichte stimmt... ich darf es gar nicht zu Ende denken."

"Wie kannst du nur annehmen, dass etwas Wahres dran sein sollte!" schluchzte Anja, während Marianne sagte: "Das Schlimme ist, ich kann das Gefühl nicht ganz los werden, dass es nicht erfunden ist!"

"Mutter!" Anjas Entsetzen war spürbar.

Die Punks waren inzwischen wieder auf der Kleinen Schanze angelangt. Sie genossen ihren Triumph, aber sie spürten, dass es ein bitterer Sieg war. Sie setzten sich auf die kalten Steine und schwiegen. Auch weil sie der Stelle zu nahe sassen, an der ihre Freundin ums Leben gekommen war.

Lolita schaute schon die ganze Zeit einem jüngeren Mann zu, der scheinbar hilflos auf der Terrassenpromenade hin und her ging und etwas zu suchen schien. "Ein Bulle", flüsterte sie.

Die andern blickten in ihre Richtung, zuckten aber bloss mit den Schultern. Die Polizei war nicht dafür bekannt, dass sie alleine auf Kundenfang ging. Das schien eher ein verklemmter Schwuler zu sein, der sich nicht an einen Fixer rantraute.

Aber Lolita hatte recht. Es war Walter Schmidt, der schon zum dritten Mal den Weg abschritt. Jetzt schaute er zu den Punks hinauf und dachte bei sich: "Ob das wohl Freunde von Susanne Weibel sind?" Aber er traute sich nicht zu ihnen ran. Nicht nur, weil er allein war. Er war sportlich genug, so dass er vor einer Auseinandersetzung keine Angst zu haben brauchte. Ausserdem war sicher irgendwo eine Streife in der Nähe. Er traute sich nicht, weil er den jungen Leuten nichts zu bieten hatte. Sollte er etwa sagen: "Jemand hat vielleicht eure Freundin umgebracht, aber wir wissen nicht wer. Eventuell finden wir es mal raus." Oder sollte er sie gar um Hilfe bitten? Er fand keinen Ausweg.

Plötzlich machte der Mann, der von Lolita beobachtet wurde, kehrt und verliess den Park durch das offene Gittertor beim Café, das im Sommer jeweils für die Touristen geöffnet war. Sein Schritt war noch etwas unsicher, aber er schien plötzlich zu wissen, dass er hier nicht finden würde, was er suchte.

"Es war ein Polyp", sagte Lolita und spitzte die Lippen, "und so ganz alleine!"

16

Am Freitagmorgen, dem 2. Februar 1989, ist die ganze
Abteilung des Kommissariats Fahrni morgens um sieben
bereits versammelt, um die Erkenntnisse der vergangenen
Nacht auszuwerten. Alle drei stehen da mit übernächtigten
Gesichtern, sie blieben gestern erreichbar bis zwölf, als bis
dann nichts gemeldet worden war, wiegten sie sich fürs
erste in Ruhe und genehmigten sich ein wenig Schlaf.
Schmidt sah am schlechtesten aus, er hatte sich kaum aufs
Einschlafen konzentrieren können, es gingen ihm so viele
Gedanken durch den Kopf. Aber auch Fahrni schien nicht
genügend Ruhe gehabt zu haben. Einzig Meister-Späth war
ausgeruht, ihm machte das Warten nichts aus. Er hatte in
seinem Leben schon auf zu manches gewartet, was nicht
eingetroffen war.

Obwohl die Polizei weit zahlreicher als sonst Patrouil-
le gefahren war, war nirgendwo etwas Besonderes aufgefallen. Im Gegenteil, die Stadt schien in totenähnlicher
Ruhe zu verharren, kaum jemand traute sich aus dem Haus,
und wenn, dann fuhr man ab einer bestimmten Zeit lieber
mit dem Taxi nach Hause. So waren denn die Beamten der
städtischen Verkehrsbetriebe die letzten, die noch draussen
zu sehen waren. Aber auch ihnen war nichts aufgefallen, da
hatte man schon nachgefragt.

Fahrni war zufrieden, trotzdem schien er unruhig. Er
zuckte zusammen, als Schmidt sagte, er habe ein Gefühl, als
ob noch etwas auf sie zukommen werde an diesem Tag. Er
habe vorsorglich der Freundin für das Wochenende abge-
sagt, nicht, dass es nachher wieder Streit gebe, wenn er das
Rendezvous kurzfristig platzen lasse.

Die Meldungen kamen weiter herein, nichts Besorgnis-erregendes. Es waren eher Zustandsfeststellungen, denn sogar der Strassenstrich, der Drogenhandel und das übliche Verbrechen hatte sich in dieser Nacht zurückgehalten, wie wenn sie Ehrfurcht vor dem gefährdeten Leben eines Menschen hätten. Schmidt war zufrieden, seine Stimmung hellte sich auf. Mit jeder Stunde, die ohne ernste Anzeige verging, trat eine Besserung ein, eine Hoffnung, das ganze möge vorbei sein.

Aber die Hoffnung blieb nur Hoffnung.

Um 10.20 Uhr läutete das Telefon. Fahrni zuckte zu-sammen, hob den Hörer ab, wurde bleich und sagte nur: "Ja, wir kommen sofort."

Es brauchte keine weiteren Worte, alle zogen ihre Mäntel an, und erst, als sie im Auto sassen, fragte Meister: "Was ist denn los?"

"Die vierte Tote", antwortete Fahrni, "im Historischen Museum ist eine Frauenleiche gefunden worden."

Lähmendes Schweigen begleitete die kurze Fahrt durch die Innenstadt und über die Kirchenfeldbrücke auf das Museum zu, das von aussen eher einem Märchenschloss glich, einem Sammelsurium von Stilen, wie es gegen Ende des letzten Jahrhunderts für ein Museum angemessen schien, das in sich alle möglichen geschichtlichen Epochen verei-nigen wollte. Aber dafür hatten die drei kein Auge. Sie fuhren um den Brunnen beim Post- und Telegraphendenkmal herum und hielten direkt vor dem Eingangstor: zwei Sok-kel, die beide mit dem Bären, dem Wappentier der stolzen Aarestadt geschmückt waren, dazwischen ein hohes Eisen-gitter, das offenstand. Sie eilten den Kiesweg hinan, nah-men auf der breiten Eingangstreppe zwei Stufen auf einmal und standen sogleich in der Eingangshalle, wo sie ein Schwarm von aufgeregten Museumsleuten erwartete.

Die Kollegen von der Spurensicherung waren noch nicht da, also war eine gewisse Zurückhaltung geboten. Fahrni wandte sich an den ersten, der gerade vor ihm stand und fragte: "Was ist passiert?"

Dieser wies ihn an einen Kollegen weiter, der in einem Stuhl sass und Kaffee aus dem Automaten schlürfte. Es war der Aufsichthabende im Untergeschoss, der jetzt mit immer noch zitternden Knien aufstand und die drei Polizisten nach unten brachte, die Sandsteintreppe hinab, die sie unter die Eingangshalle führte, dorthin, wo die Originalfiguren des Münsters vor dem weiteren Zerfall durch Luftschadstoffe geschützt wurden. Zwischen den Pfeilern hindurch wurden sie geleitet, bis sie schliesslich vor der Figur eines düsteren Trommlers den zusammengekrümmten Körper einer Frau liegen sahen. Schmidt stöhnte auf, auch Meister und Fahrni hatten Mühe hinzusehen. Sie überwanden sich jedoch und traten näher, um die Person zu betrachten.

"Kennen Sie die Frau?" wandte sich Fahrni an den Museumswärter.

"Ja", antwortete dieser, "es ist Frau Schaefer, Michèle Schaefer, sie arbeitet als Ethnologin an unserer völkerkundlichen Abteilung."

"Wann haben Sie sie gefunden?"

"Um zehn Uhr habe ich meinen Dienst angetreten. Ich habe damit begonnen, alle Feuchtigkeitsmesser zu kontrollieren, bin also nicht direkt in diesen Raum gegangen. Es waren ja auch noch keine Besucher da. Wahrscheinlich etwa zehn Minuten später habe ich auch hier nachgesehen, ob alles in Ordnung sei. Da habe ich Frau Schaefer gefunden. Ich habe mich über sie gebeugt und sie angesprochen, aber so wie sie dalag, habe ich gleich geschen, dass nichts mehr zu machen war. Da bin ich dann losgerannt, die Treppe hinauf zur Kasse, und habe gerufen, man solle sofort die Polizei informieren."

"War nach Ihnen noch jemand unten?"

"Ich weiss es nicht, ich glaube jedoch nicht. Alle sind zu sehr geschockt, als dass sie die Tote hätten sehen wollen. Darf ich wieder nach oben?"

"Ja, danke, Sie können gehen."

Der Bedauernswerte war sichtlich gezeichnet von dem, was er nun zum zweiten Mal hatte sehen müssen. Er schlich auf Zehenspitzen davon, um ja keinen Lärm mehr zu machen, der die Tote hätte stören können.

Inzwischen war auch die Spurensicherung angekommen. Sie baten ihre Kollegen, aus ihrem Arbeitsbereich zurückzutreten, und fingen mit der Begutachtung der Lage an.

Fahrni war schnell ungeduldig geworden und fragte die Beamten: "Lässt sich schon etwas feststellen, das uns weiterhelfen könnte? Es scheint mir sehr wichtig, keine Zeit zu verlieren."

Der Gerichtsmediziner antwortete als erster: "Nun, Genaues wird erst die Obduktion an den Tag bringen. Auf den ersten Blick würde ich auf eine Vergiftung schliessen. Die äusseren Anzeichen weisen auf Zyankali hin. So werden die Salze des Kaliumcyanids genannt, die sind - das wissen Sie bestimmt - das häufigste Mittel für einen sicheren Selbstmord."

"Könnten sie auch für einen Mord Verwendung finden?" schaltete sich Schmidt ein.

"Kein Problem", antwortete der Arzt, "wenn es Ihnen gelingt, jemandem unbemerkt ein Viertelgramm Kaliumcyanid in ein Getränk zu schütten, haben Sie sicher Erfolg. Das Salz ist sehr leicht in Wasser löslich, und wenn das Getränk einen starken Eigengeschmack aufweist, wird das leicht Bittere des Zyankalis noch nicht mal auffallen."

"Wie kommen Sie darauf, dass dieses Gift hier verwendet wurde?" erkundigte sich Meister.

"Das wird sich hundertprozentig erst nach der Obduktion feststellen lassen. Aber schon jetzt, wenn Sie beachten: Am Oberkörper der Verstorbenen sehen Sie hellrote Totenflecke, ausserdem scheint die Leiche noch nicht in den Zustand der Fäulnis übergegangen zu sein. Das sind typische Zeichen einer Blausäure- oder Zyankalivergiftung."

"Wäre es nicht möglich, dass der Tod erst vor kurzem eingetreten ist und die Fäulnis deshalb noch nicht angefangen hat?"

"Natürlich, aber da die Haut kalt ist, müssen wir annehmen, dass der Zeitpunkt des Todes vor einigen Stunden zu suchen ist. Und da ich auch Zeitung lese, ist die Annahme nicht unwahrscheinlich, dass die Frau vor etwa zwölf Stunden gestorben ist, also gestern abend gegen Mitternacht. Das scheint mir auch den ersten Eindruck zu bestätigen."

Schmidt betrachtete Michèle Schaefer, die noch in ihrer verkrümmten Position vor ihm lag. Er sah eine etwa vierzigjährige Frau mit einem grob geschnittenen Gesicht und einem schmalen, mageren Körper vor sich. Sie hatte dunkelbraune Haare, die bis knapp über den Kragen reichten, Stirnfransen bedeckten teilweise die Augen. Sie war dezent geschminkt, und ihre dünnen Lippen stachen durch das

Rouge hervor, aber auch durch die Form, in der sie der Tod konserviert hatte. Sie schienen einen Schrei des Schmerzes auszustossen, waren verkrampft und trugen die ganze Bitterkeit des Übergangs vom Leben in den Tod in sich.

Der Mediziner hatte Schmidt beobachtet und sagte jetzt: "Sie brauchen sich nicht zu beunruhigen. Einen Vorteil hat Zyankali: Es wirkt sehr schnell. Die Frau dürfte unter ihrer Vergiftung nicht lange gelitten haben. Der Tod erfolgt unter Aufschreien und kurzem Erstickungskrampf meist schon in der ersten Minute. Das Gift wird im Magen sehr schnell freigesetzt, verbreitet sich rasch im Körper und führt zu innerer Erstickung, weil Blausäure die Atmung jeder Körperzelle hemmt."

"Das ist kaum ein Trost. Ich möchte bloss wissen, ob sie umgebracht worden oder selber aus dem Leben geschieden ist. Sie sagen, es dauert weniger als eine Minute, bis der Tod eintritt?"

"Meistens, jedenfalls, wenn die Dosis gross genug ist, und das scheint sie in diesem Fall gewesen zu sein."

"Dann hätte sie nicht mehr weit gehen können nach der Einnahme des Giftes?"

"Kaum, ein paar wenige Schritte vielleicht."

"Also, falls es ein Selbstmord gewesen ist, müssten wir in diesem Fall irgendeine Ampulle, eine Verpackung für das Salz finden."

"Ich würde eher annehmen", sagte der Gerichtsmediziner, "dass sie es in flüssiger Form zu sich genommen hat - ob freiwillig oder unfreiwillig, lassen wir im Moment offen. Denn sonst wird einem von der Bitterkeit des Stoffes sehr schnell übel, und es kann zu Erbrechen kommen. Aber davon finden wir hier keine Spuren."

104

"Dann müssten wir einen Becher oder eine Tasse suchen!" Schmidt wandte sich an seine Kollegen: "Habt ihr irgendetwas gefunden, das als Trinkgefäss hätte dienen können?"

Die Frage wurde allgemein verneint.

Schmidt seufzte: "Wir müssen also damit rechnen, dass Frau Schaefer umgebracht worden ist und dass der Täter oder die Täterin die Spuren sorgfältig verwischt hat, vielleicht sogar einen Selbstmord vortäuschen wollte."

"Das ist sicher eine richtige Annahme", antwortete der Arzt.

Schmidt war mit diesem Verlauf der Ereignisse gar nicht zufrieden. Er dachte wieder an die Worte von Ariane Beer zurück, und plötzlich war ihm kalt, Hühnerhaut breitete sich auf seinen Armen und seinem Rücken aus. Er wollte weg aus dieser Gruft voller Statuen. Er sagte zu Fahrni: "Ich kümmere mich mal um die Bekannten dieser Michèle Schaefer, wenn es dir recht ist, ich halt's hier nicht mehr aus."

17

Nachdem die Beamten den Tatort verlassen hatten und die Leiche zur genaueren Untersuchung ins Gerichtsmedizinische Institut überführt worden war, stand Fahrni etwas verloren zwischen den Statuen des Münsterportals. Matthias Wolf, ein Mitarbeiter des Historischen Museums, leistete ihm Gesellschaft. Fahrni war in Gedanken noch mit dem neuesten Todesfall beschäftigt. Dennoch fragte er: "Was bedeuten eigentlich all diese Figuren? Ein paar davon kann ich erkennen. Das da hinten muss Jesus sein, Maria kniet neben ihm, ist das nicht ungewöhnlich? Auch das andere sind wohl biblische Figuren. Aber in was für einem Zusammenhang stehen sie?"

Matthias Wolf war sichtlich geschockt. Trotzdem bemühte er sich, dem Polizisten Auskunft zu geben, auch wenn der Augenblick nicht geeignet schien: "Sie befinden sich hier unter den Statuen des Westportals des Berner St. Vinzenz-Münsters, wie es ursprünglich geheissen hat. Der Westen, wo die Sonne untergeht, war seit alten Zeiten dem Reich der Toten vorbehalten. Schon die Ägypter beerdigten ihre Verstorbenen auf der Westseite des Nils, und auch bei andern historischen Völkern sind solche Gebräuche bekannt. Über dieses Reich herrscht in der christlichen Tradition Jesus, der uns hier als Richter im Jüngsten Gericht begegnet. Durch die Westpforte traten die Menschen zum Gottesdienst ein. So hatten sie immer vor Augen, welches Schicksal sie am Ende der Geschichte des Menschengeschlechts erwartete. Hier sollte sich der zielgerichtete Plan Gottes vollenden, den Menschen, der durch den Sündenfall ins Verderben gestürzt worden war, zu erretten. Das Weltgericht sollte das allgemeine Gericht sein, in dem Rechenschaft über die gesamte Schöpfung abgelegt werden musste. Deshalb hat die Inszenierung dieses Ereignisses in der mittelalterlichen bildnerischen Darstellung auch eine so hervorragende Bedeutung."

"Dieses Portal ist durch die Renovationsarbeiten nun schon sehr lange verdeckt, ich kann es mir nicht mehr genau vorstellen. Sind das jetzt alle Figuren, die dazu gehören?"

"Nein. Das Mittelbild wäre zum Kopieren zu kompliziert, das wird als Original wieder angebracht werden. Das ist der Bereich, in dem die Seelen mit ihren Körpern erneut vereint vor dem höchsten Richter antreten und ihren endgültigen Weg ins Paradies oder in die Hölle nehmen. Sie sehen das übrigens auf dieser Fotografie: Sowohl auf Seiten der Auserwählten als auch bei den Verdammten sind alle Stände der damaligen Zeit zu finden. Es blieb also jedem die Chance, sich nach den Geboten der Christenheit zu verhalten und so das ewige Seelenheil zu erlangen. Die andern allerdings fuhren ebenso endgültig in die Verdammnis.

Die Figuren hier stammen aus den Feldern der Strebepfeiler und des Giebels. Es sind alles Einzelwerke und keine Gesamtheit, so dass ihr Ersatz einfacher zu bewerkstelligen ist. Hier zum Beispiel sehen Sie den Erzengel Michael mit dem Schwert im Kampf gegen einen Teufel. Er war als Figur vor dem Feld des Jüngsten Gerichts angebracht."

"Links neben ihm stehen drei Engel, rechts davon jedoch nur zwei. Weshalb das?" Fahrni war müde und hörte den Ausführungen nur mit halbem Ohr zu.

"Als Ergänzung zu den beiden Engeln muss diese Figur des Trommlers gedacht werden. Alle sechs Statuen sind im ersten Giebelfeld - der sogenannten Archivolte - über dem Jüngsten Gericht angeordnet."

Fahrnis Aufmerksamkeit war plötzlich wieder vorhanden: "Und was bedeutet die Figur dieses Trommlers?"

Wolf fuhr fort: "Das Interessante daran ist, dass wir hier die Einleitung in die Szene des Jüngsten Gerichts haben. Wie Sie sehen, ist es eine Teufelsgestalt, ein Kopf mit dunklem Haar und aufgeblasenen Nüstern sowie einem Federschmuck. Er hält mit der Linken eine Trompete. Er bläst sie und spielt gleichzeitig mit einem Knochen auf der Trommel. Die ganze Figur sitzt auf einem Fels, in den der Kopf des Jesus-Verräters Judas eingemeisselt ist. Er schmort im Höllenfeuer. Neben ihm ist der Beutel dargestellt, der die Silberlinge enthält, die er für seinen Verrat bekam."

"Das ist ja höchst interessant. Weiss man auch, wieso er die Trompete bläst und einen solchen Spektakel vollführt?"

"Eine Vermutung geht dahin, dass man es mit einer Anlehnung an christliche Dramen zu tun hat. Sie wissen vielleicht, dass vor den grösseren Kirchen jeweils Mysterienspiele aufgeführt wurden. Wenn man da von der Kleidung und der Kopfmaske des Teufels ausgeht, so scheint er einen Ausrufer zu verkörpern, der die Zuschauer zum Eintritt ins Theater bewog, also zugleich zum Eintritt ins Weltgericht, dem er siegessicher entgegenzusehen scheint.

Aber ich habe keinen so kunstinteressierten Kommissar erwartet. Weshalb möchten Sie das alles wissen?"

"Ich suche nach den Zusammenhängen. Frau Schaefer waren all diese Anspielungen sicher bewusst?"

"Das kann ich Ihnen nicht beantworten. Ich weiss nicht, wie weit sie sich ausserhalb ihres Fachgebietes mit den Sammlungen des Museums beschäftigt hat. Sicher wusste sie im grossen ganzen Bescheid über diese Figuren, ob sie jedoch alle hätte einordnen können, ist nicht gesagt. Aber weshalb fasziniert Sie gerade diese Figur des Bösen so sehr? Können Sie die religiösen Gefühle der mittelalterlichen Menge so gut nachvollziehen?"

Fahrni schwieg einen Moment, dann sagte er: "Überhaupt nicht, vor allem in dieser Anordnung wird mir das nicht so klar. Ich wollte es deshalb genau wissen, weil unter dieser Figur Frau Schaefer aufgefunden wurde... und weil dies vielleicht etwas mit ihrem Tod zu tun hat. Entweder sie oder ein allfälliger Mörder muss sehr genau Bescheid gewusst haben über Sinn und Bedeutung dieser Darstellung."

Wolf stotterte beinahe: "Sie sagen, hier, an dieser Stelle, wo ich soeben gestanden habe, hätte man Frau Schaefer gefunden? Entschuldigen Sie mich bitte!"

Er war bleich geworden, sehr bleich, und Fahrni ahnte, dass er es nicht mehr bis zur nächsten Toilette schaffen würde. Aber was mussten diese jungen Leute auch immer so verbissen und ernsthaft sein und sich mit den Darstellungen des Todes herumschlagen, wenn sie schon dem Tod selber nicht gewachsen waren? Er ärgerte sich ein wenig.

Fahrni verliess den Raum mit den Figuren des Jüngsten Gerichts. Aber weil die Gedanken in seinem Kopf weiterwühlten, stieg er die Treppen empor - es war sehr ruhig hier drin, man konnte gut überlegen - und begab sich in den ersten Stock, durchquerte den erst provisorisch eingerichteten Waffensaal, bis er in ein helles Zimmer trat, in dem drei Stühle standen, der eine majestätischer als der andere. Die Polster waren in dunklem Grün gehalten, die Rahmen goldverziert. Fahrni trat näher, um die Beschriftung lesen zu können. Er sah, dass es sich um die Stühle der Schultheissen handelte, der Bürgermeister im alten Bern. Er wollte sich dieses patrizische Gefühl nicht entgehen lassen und setzte sich in denjenigen mit den meisten Verzierungen. Er war vom Berner Schreinermeister Johann Friedrich Funk I. gemacht worden und in die Jahre 1734/35 datiert.

Fahrni liess sich von der Lehne aufhalten in dem, was sich wie ein freier Fall der Gedanken anfühlte. Er war erschöpft. Er sah nur noch das Unheil, das auf ihn zukommen würde, und fand sich zum ersten Mal der Sache nicht mehr gewachsen. Was konnte er zur Aufklärung beitragen, wenn so viele so manches zu verschweigen hatten?

Wie stand es in der "Offenbarung"?: "Und ich sah einen grossen, weissen Thron und den, der darauf sass; vor seinem Angesicht flohen die Erde und der Himmel, und es wurde keine Stätte für sie gefunden. Und ich sah die Toten, gross und klein, stehen vor dem Thron, und Bücher wurden aufgetan. Und ein anderes Buch wurde aufgetan, welches ist das Buch des Lebens. Und die Toten wurden gerichtet nach dem, was in den Büchern geschrieben steht, nach ihren Werken."

Dann schlummerte Fahrni für kurze Zeit ein.

18

Walter Schmidt musste zuerst ein wenig frische Luft schnappen, nach all dem, was er gesehen hatte. Er betrachtete den winterlichen Park, der das Historische Museum umgab. Er hatte allerdings wenig Zeit, sich Einzelheiten einzuprägen. Die Sache eilte zu sehr. Es kam ihm seltsam vor, dass Ariane von diesem Todesfall Kenntnis gehabt haben sollte. Wusste sie wirklich mehr, als sie sagte, oder war es nur die Ahnung, die auch ihn letzte Nacht nicht hatte ruhig schlafen lassen? Und wenn es mehr war als eine blosse Vermutung, worauf hatte sie sie denn gegründet? Gab es einen Zusammenhang zwischen den vier Todesfällen?

Schmidt war sich dessen jetzt sicher. Man konnte ja nicht mehr von Zufall reden, wenn sich die tragischen Ereignisse in dieser Art und Weise häuften. Ausserdem war diesmal der Suizid nur unvollkommen vorgetäuscht. Jeder Hinweis auf eine Selbsttötung war verschwunden. Was hatte Michèle Schaefer wohl getrunken? War es ein Glas Wein, oder konnte ein Kaffee die bitteren Spuren des Zyankali besser übertönen? Wahrscheinlich, besonders, wenn man ihn ohne Crème und Zucker trank! Schmidt hatte den Automaten in der Eingangshalle gesehen. Vielleicht kam daraus das Getränk? Aber was hatte Michèle Schaefer nachts im Museum zu suchen, und wen wollte sie hier treffen?

Schmidt hoffte, die eine oder andere Frage hier im Gebäude beantworten zu können. Er trat wieder hinein in die Vorhalle, die immer noch einem Wespenhaus von beunruhigten Angestellten zu gleichen schien. Er begab sich in die Verwaltungsräumlichkeiten, Peter Schwarz, ein

Arbeitskollege der Verstorbenen, begleitete ihn. Im Büro war vorerst nichts Auffälliges zu entdecken. Es war klein, aber doch recht hell, das einzige Fenster zeigte auf die Rückseite des Gebäudes hinaus, in Richtung Landesbibliothek. Der Schreibtisch schien aufgeräumt, die Akten waren sauber geordnet.

"Was war denn das Tätigkeitsgebiet Ihrer Kollegin?" fragte Schmidt.

"Nun, das ist nicht so einfach zu sagen. Wie Sie ja bereits wissen, ist, das heisst, ich muss nun wohl sagen war sie Mitarbeiterin der völkerkundlichen Abteilung. Sie hatte Ethnologie studiert, mit dem Hauptgebiet Asien."

Schmidt horchte auf. Das kam ihm irgendwie bekannt vor. "Was macht man denn in diesem Arbeitsgebiet?"

Schwarz überlegte, wie er das erklären sollte, und fuhr dann fort: "Sehen Sie, es ist für uns wichtig, auf jeden Kontinent einen Spezialisten ansetzen zu können. Wir haben das untereinander aufgeteilt. Michèle ist... war verantwortlich für den Bereich von Indien über Südostasien nach Australien, zusätzlich betreute sie die pazifischen Regionen. Wir hatten hier letzthin eine Ausstellung über die Malediven, für die sie Material organisierte."

"Was heisst das genau?"

"Sie fuhr jeweils - meist in Begleitung der Ausstellungsmacher - in die Gebiete, aus denen wir Material benötigten. Es ist ja nicht so, dass alles im Museum vorrätig wäre. Gerade bei speziellen Sachbereichen müssen wir uns mit neueren Exponaten begnügen. Die sind zwar oft von minderer Qualität als die älteren Stücke, aber wir können es uns nicht leisten, auf dem Markt wertvolle Dinge aufzukaufen. Ausserdem finden wir es nicht sehr sinnvoll, den Völkern der Dritten Welt die Kunstgegenstände wegzunehmen. Also organisieren wir unsere Ausstellungsstücke als Leihgaben in anderen Museen oder kaufen eben neugemachtes Kunsthandwerk dazu. Das verfälscht ja unsere Absichten nicht. Die Besucher können sich auch anhand der neueren Dinge ein gutes Bild vom Leben in einem anderen Land machen.

Dafür nun war Michèle Schaefer zuständig. Sie half mit, die Stücke auszuwählen, und sie organisierte den Transport in die Schweiz. Wenn die Kisten dann einmal im Museum standen, war es auch ihre Aufgabe, den Inhalt zu überprüfen und festzustellen, ob alles ordnungsgemäss gelaufen war oder ob eben etwas fehlte. Das ist oft genug passiert. Es gab einige Male eine Gewichtsdifferenz zwischen dem auf den Zollformularen Angegebenen und dem tatsächlich Gelieferten."

"Das scheint mir interessant. Wie erklären Sie sich diese Differenzen?"

"Da haben wohl die Exporteure ein zu hohes Gewicht angegeben, damit wir einen höheren Preis zu entrichten hatten."

"Aber Sie haben doch die Stücke nicht nach Gewicht eingekauft!"

"Es kommt drauf an, was es war. Natürlich bezahlen wir grundsätzlich für das Einzelstück, alles andere wäre ja vom künstlerischen Gesichtspunkt her sinnlos. Aber manchmal haben wir eben auch Dinge bestellt, die keinen künstlerischen Wert hatten. Sand zum Beispiel."

"Sand?" Schmidt konnte sich keinen Reim darauf machen.

"Wir brauchen zur Dekoration natürlich auch solche Dinge. Wir können nicht einfach alles leer in den Raum hineinstellen. Bei der Maledivenausstellung beispielsweise brauchten wir neben etwas Sand auch Kokos- und andere Nüsse, dann Meerwasser, um die Aquarien mit den Tieren aus den entsprechenden Gewässern am Leben zu erhalten. Das war alles nicht sehr viel, aber wenn Sie es ein paarmal machen müssen, ergibt dies ein ganz schönes Gewicht. Da kann man schon mal ein paar Franken rausholen."

"Und Sie haben das Gefühl, dass dies jeweils den Lieferanten in der Dritten Welt anzulasten war?" Schmidt wunderte sich immer mehr über den Mitarbeiter. "Sie arbeiten doch auch in dieser Abteilung?"

"Ja, aber ich bin für die Buchhaltung zuständig. Und Sie wissen ja, wie das ist. Seit dieser leidigen Affäre mit der Berner Regierung taucht alle paar Monate mal der Revisor auf, und wenn ein paar Franken fehlen, gibt es das grösste Theater. Ich frage dann nicht lange, woher die Differenzen kommen, ich stelle nur fest, dass sie vorhanden sind."

"Wie oft ist das denn vorgekommen?"

"Etwa alle zwei Monate mal. Nicht regelmässig, aber doch so, dass man es nicht übersehen konnte."

"Und Sie glauben nicht, dass Michèle Schaefer etwas damit zu tun haben könnte?"

"Inwiefern?"

"Dass sie zum Beispiel etwas geschmuggelt hätte und das dann anders abgebucht worden wäre? Sie verstehen mich richtig, ich muss einen Todesfall aufklären."

"Dann wäre sie aber ziemlich dumm gewesen, wenn sie die Differenzen auch noch gemeldet hätte."

"Vielleicht hat sie das nur getan, damit andere Unterschiede nicht aufgefallen sind?"

"Jetzt suchen Sie aber ein bisschen gar weit, Herr Schmidt!"

"Haben Sie eine andere Erklärung dafür, weshalb Frau Schaefer sich das Leben genommen haben könnte oder ermordet worden wäre?"

"Nein, keine."

Schmidt blieb hartnäckig: "Aus welchen Ländern hat sie denn in letzter Zeit Waren importiert?"

"Warten Sie, da müsste ich erst mal nachschlagen... Im letzten Jahr hatten wir: Indonesien, Thailand, Hongkong, Thailand, die letzte Malediven-Sendung, Burma und noch einmal Thailand."

"Wieso so oft Thailand? Was haben Sie denn Interessantes aus dieser Region?"

"Das scheint mir jetzt auch ein wenig seltsam. Wir haben eigentlich gar kein Sammelgebiet, das Thailand betrifft. Vielleicht bereitet die Leitung gerade eine Ausstellung vor, die etwas mit dem Tourismus nach Thailand zu tun hat. Das wäre ja ein aktuelles Thema. Aber da muss ich zuerst nachfragen."

"Machen Sie das bitte gleich. Ich schau mich inzwischen hier um." Schmidt ging zum Schreibtisch, während Schwarz telefonierte. Er durchsuchte sämtliche Schubladen, konnte aber nichts finden, das ihn interessiert hätte. Nicht einmal ein Adressenverzeichnis lag hier. "Und bitten Sie Herrn Wäger, den Vorgesetzten von Frau Schaefer, doch gleich ins Büro!"

Es dauerte nicht lange, bis der Angeforderte erschien. Er war ein ausgesprochen höflicher Mann um die fünfzig. Es schien Schmidt allerdings, dass seine Galanterie eher in ein Kunsthaus denn ins Historische Museum gepasst hätte, aber da er sich in solchen Dingen nicht so gut auskannte, unterliess er eine Bemerkung in dieser Richtung. Es stellte sich schnell heraus, dass die völkerkundliche Abteilung nichts über Thailand plane und dass es auch Herrn Wäger seltsam vorkam, so viele Sendungen aus diesem Land erhalten zu haben.

"Vielleicht sind andere Kisten aus dem pazifischen Raum in Thailand umgeladen und neu deklariert worden. Jedenfalls ist mir das unerklärlich."

Schmidt erbat sich die Privatadresse von Michèle Schaefer und fragte nach dem Bekanntenkreis der Ethnologin. Der Vorgesetzte schien peinlich darauf bedacht, dieser Frage aus dem Weg zu gehen, bis Schmidt sagte: "Herr Wäger, Sie befinden sich hier in einer polizeilichen Untersuchung. Es geht um einen ungeklärten Todesfall, eventuell um einen Mord. Ich muss Sie bitten, die Ermittlungen nicht unnötig zu erschweren. Schliesslich war Frau Schaefer eine Arbeitskollegin von Ihnen, Sie müssen doch etwas wissen!"

"Wenn Sie meinen", begann Anton Wäger zögernd, "sie war sehr verschlossen. Frau Schaefer hatte zu keinem andern Angestellten des Museums einen engeren Kontakt. Man könnte fast sagen, sie hätte sich abgesondert. Jedenfalls in den letzten zwei bis drei Jahren. Sie arbeitet ja schon seit beinahe zehn Jahren bei uns."

"Wie war sie denn früher?"

"Als sie noch verheiratet war mit... wie hiess er denn... einem gewissen Balz Imhof, aber fragen Sie mich nicht nach seiner Adresse, in die Privatangelegenheiten meiner

116

Mitarbeiter mische ich mich nicht ein, also, da war sie sehr zuvorkommend und aufgeschlossen allen gegenüber. Seit der Scheidung vor etwa vier Jahren hat sie sich immer mehr zurückgezogen. Aber es schien ihr nicht schlecht gegangen zu sein. Jedenfalls war sie immer sehr elegant angezogen und trug teuren Schmuck."

"Sie hatte doch ein gutes Gehalt und eventuell noch Zuwendungen von ihrem Ex-Mann?"

Wäger schien immer noch nicht zu wissen, wie viel er der Polizei preisgeben sollte: "Ich glaube nicht. Sie sind in gegenseitigem Einvernehmen geschieden worden auf ihr Begehren hin, da hat sie, so viel ich weiss, auf alle Ansprüche verzichtet. Und ihr Lohn bei uns ist zwar nicht schlecht, aber für ihren Lebenswandel hat er kaum ausgereicht. Sie lebte schliesslich in einer ziemlich teuren Wohnung im Kirchenfeldquartier, vornehme Lage, Sie kennen es bestimmt."

"Und woher kam denn das Geld Ihrer Meinung nach?"

Wäger wandte sich an seinen Untergebenen: "Schwarz, können Sie sich erinnern, sie hatte da doch diesen reichen Freund, der einmal ins Museum kam, um sie abzuholen. Was sie aber gar nicht gern gesehen hat! Wissen Sie, wer der Mann war?"

Schwarz schwitzte.

"Muss ich es sagen?" fast jammerte er.

"Natürlich, jetzt spielt es ja keine Rolle mehr, nicht wahr, Herr Kommissar?"

Unsicher blickte Schwarz auf Schmidt: "Es war der Stadtrat, der letzte Woche ums Leben kam."

"Von Aarbach?" Schmidt konnte seine Überraschung nicht verbergen. Endlich war ein Zusammenhang da!

"Und woher hat Frau Schaefer ihn gekannt, wie lange dauerte die Beziehung schon?"

"Mein lieber Freund", sagte Herr Wäger väterlich, "nun fassen Sie sich wieder. Ich kann mir vorstellen, dass Ihnen diese Enthüllung Freude macht. Leider aber können wir Ihnen nicht mehr sagen, weil wir selber nicht mehr wissen. Ab und zu ist Frau Schaefer in Nachtlokalen gesehen worden, meist allein, manchmal auch in Begleitung besagten Herrns. Aber der kommt für einen Mord nun nicht mehr in Frage. Brauchen Sie mich noch?"

Schmidt sog die Luft durch den Mund ein: "Nur noch eine Frage: Was hatte Frau Schaefer in der Nacht im Museum zu suchen? Hat sie irgendetwas mit der Ausstellung des Jüngsten Gerichts zu tun gehabt?"

"Nein, mit Bestimmtheit nicht. Ich kann mir ihre Anwesenheit auch nicht erklären. Normalerweise ist der Museumstrakt auch den Angstellten nachts nicht zugänglich. Es würde sonst zu oft ein falscher Alarm ausgelöst. Das können wir uns nicht leisten. Gehen Sie also davon aus, dass sich Frau Schaefer ohne offizielle Einwilligung in diesen Räumlichkeiten aufhielt. Falls Sie mich noch irgendwie benötigen, erreichen Sie mich in meinem Büro. Auf Wiedersehen."

19

"Wir können uns diese Handlungsunfähigkeit der Polizei nicht mehr länger bieten lassen! Es ist unseres demokratischen Rechtsstaats unwürdig, dass trotz naheliegendem Verdacht schon wieder ein Mensch ums Leben gekommen ist. Die Staatsgewalt erweist sich als ungenügend vorbereitet für ihre Aufgaben!

Wir finden: Der Bürger muss das Heft selbst in die Hand nehmen!

Wir alle sollten der Polizei besser auf die Finger schauen. Jeder, der in den letzten vier Wochen ungewöhnliche Beobachtungen gemacht hat, soll sich bei uns melden. Wir werden der Sache auf eigene Faust nachgehen und gesicherte Erkenntnisse mit Hilfe der Polizei auswerten. Das Übel muss von der Wurzel her ausgerottet werden, oder es richtet uns zugrunde!

Wie lange wollen wir noch warten und untätig zusehen, wie angesehene Bürger dieser Stadt Opfer gemeiner Anschläge werden? Wer wird der nächste Tote sein?

Wir haben unsere Theorie über die Mordserie: Das ist ein perfider Angriff der Drogenszene auf den anständig lebenden Stadtbürger. Dagegen müssen wir uns selber wehren, wenn die staatlichen Organe nicht in der Lage sind, unsere Sicherheit zu garantieren!

Wir rufen deshalb alle zu einer Versammlung auf:

Am Donnerstag, dem 8. Februar, treffen wir uns um 21.00 auf dem Bärenplatz. Wir werden dem Gesindel unsere Antwort geben!

Berner Aktionsgemeinschaft Besorgter Bürger (BABB)"

Ariane legte das Flugblatt aus der Hand, das sie heute morgen im Einkaufszentrum erhalten hatte. "So weit ist es also schon, die bilden die erste Bürgerwehr und wollen gleich mal mit dem Aussortieren derjenigen anfangen, die am schwächsten sind. Zuerst werden die Drogenabhängigen aus der Gesellschaft ausgegliedert, schliesslich liquidiert. Der Mensch scheint aus der Geschichte nie etwas zu lernen!"

Nicht nur sie hatte das Flugblatt bekommen. Schon in Bus und Tram war ihr die gereizte Stimmung aufgefallen. Der Text wurde von verschiedenen Leuten diskutiert. Einigen wenigen ging er zu weit. Sie fanden, man solle der Polizei etwas mehr Zeit lassen. Die meisten jedoch waren mit den Forderungen der Aktionsgemeinschaft einverstanden. Sie überlegten schon laut, was sie alles bemerkt hätten, das nicht in den normalen Tagesablauf hinein passte. Dass dazu auch Leute gehörten, die ihren Hund zu ungewöhnlichen Zeiten ausgeführt hatten und solche, die schon lange nicht mehr, aber ausgerechnet jetzt am Donnerstag abend ausser Haus gewesen waren, machte die Breite der Bereitschaft zur Denunziation sichtbar.

Der Kommentar in der Zeitung war nur wenig freundlicher, allenfalls ein bisschen korrekter abgefasst. Auch hierin wurde der Polizei Unfähigkeit vorgeworfen. Dabei musste man sagen, dass es kaum Sache der Sicherheitsorgane sein konnte, die Stadt am Donnerstagabend hermetisch abzuriegeln. Aber ein paar Leute schienen davon überzeugt zu sein, dass dies der einzig richtige Weg wäre, um wieder Ruhe unter die Menschen zu bringen.

"Geduldet euch, es wird nur noch kurze Zeit dauern, bis das ganze aufgeklärt ist. Die unsichtbaren Spinnfäden sind schon gezogen. Jetzt müssen nur die Richtigen drin hängen bleiben, dann sollte alles andere sich von selbst erledigen. Sofern es die oberen Etagen gern sehen, dass man die Angelegenheit öffentlich ausbreitet. Sonst wird einfach nichts mehr geschehen, und das ganze wird in der Rubrik 'Ungeklärte Fälle' langsam dem Vergessen anheim gestellt werden." Das dachte Ariane, als ihr wieder bewusst wurde, dass es so einfach wohl nicht abgehen würde. Die Sache hatte schon Dimensionen angenommen - auch mit der Bildung einer Bürgerwehr -, dass sie kaum mehr zu bremsen war. Einige gesellschaftliche Gruppen würden weit über die besagten Vorfälle hinaus zu leiden haben. Die Hysterie hatte von der Stadt Besitz ergriffen, und es schien jedes Mittel recht, um die Lage wieder in den Griff zu bekommen.

20

Am Montagmorgen gegen acht Uhr begab sich Fahrni ins Waisenhaus, wo er die übers Wochenende eingegangenen Akten einsehen wollte. Er hatte sich nach all den Geschehnissen nicht wohl gefühlt und trotz der dringlichen Lage das Weekend für sich eingezogen, wie es schliesslich auch vorgesehen war. Er wusste, dass man ihm das zum Vorwurf machen würde, aber er hatte einfach nicht mehr die Kraft, hinter all den Spuren herzujagen.

Natürlich hatten sie nachgeprüft, was machbar war, die Verbindungen durchgecheckt, die Michèle Schaefer und Olivier von Aarbach miteinander in Zusammenhang brachten. Aber viel war dabei nicht herausgekommen. Die beiden waren zwar miteinander gesehen worden. Das wurde auch von diversen Nachtclubs bestätigt. Auch dass sie das eine oder andere Mal gemeinsam in der Wohnung von Frau Schaefer gewesen waren, schien klar. Aber sie hatten eine gewisse Vorsicht an den Tag gelegt, so dass über diese Erkenntnisse hinaus nichts gesichert schien. Blieb Michèle Schaefers Unwille, mit dem sie von Aarbach im Museum empfangen hatte und die nach wie vor ungeklärten Thailand-Einfuhren der ethnographischen Abteilung. Daran hatte Schmidt gearbeitet. Und hier schien sich der einzige wertvolle Hinweis zu ergeben, war doch auch von Aarbach oft mit und in Thailand beschäftigt. Vielleicht waren die beiden gar einmal zur gleichen Zeit dort gewesen oder hatten sich bei einem solchen Aufenthalt kennengelernt.

Weiter konnte Fahrni seinen Gedanken nicht nachhängen. Er musste sich beeilen. Auf neun Uhr war die Beerdigung Olivier von Aarbachs angesagt. Und obwohl er von der Familie nicht eingeladen worden war, was ihn doch ein wenig erstaunte, wollte er hingehen. Die Abdankungsfeier sollte in offiziellem Rahmen im Münster stattfinden. Das wusste Fahrni aus der Zeitung, in der auch eine seltsame Todesanzeige zu lesen war:

Wir trauern um unsern plötzlich und allzu früh verstorbenen Mann und Vater

Olivier von Aarbach

Die Trauerfamilie: Marianne von Aarbach-Reich
                 Anja, Renate und Pierre von Aarbach

Anstelle von Kranzspenden bitten wir um eine Überweisung an die Schweizerische Drogenreha-bilitationsstelle, Bern

---

Das wollte Fahrni nicht aus dem Kopf. Wieso hatte wohl ausgerechnet Marianne veranlasst, dass die Spenden der Drogenrehabilitation zukommen sollten? Sie gab sich doch sonst eher entrüstet über diese Menschen. Ob sich wohl eine neue Hilfsbereitschaft bei ihr entwickelte? Aber dazu hätten sich doch hundert andere Institutionen angeboten. Warum musste es ausgerechnet diese sein? Ob die Frau seines Freundes doch mehr wusste, als sie ihm gesagt hatte?

Fahrni erreichte den Münsterplatz kurz vor neun. Es war schon eine stattliche Menschenmenge versammelt, in der er sich gut verstecken konnte. Zumindest glaubte er das. Es erwies sich jedoch schnell als Trugschluss. Kaum hatten ihn die ersten Trauernden erkannt, wichen sie ihm aus, so dass zwischen den Menschen so etwas wie eine hohle Gasse zustande kam, in der Fahrni nun, in seinem Mantel schwitzend, der Kirche zuschritt. Die Trauerfamilie war schon in den ersten Bankreihen versammelt, alles schien ruhig. Aber beim Eintreten Fahrnis hob allseits ein Gemurmel an, die Leute blickten sich um. So der Öffentlichkeit preisgegeben hatte sich der Polizist noch nie gefühlt. Es schien ihm, er sei der Mörder seines Freundes. Am liebsten wäre er gleich wieder umgekehrt. Aber das ging nicht mehr. Er musste den unangenehmen Moment durchstehen.

Die Abdankung dauerte eine knappe Stunde, doch Fahrni hatte das Gefühl, er sitze den ganzen Morgen auf einem heissen Stuhl. Trotz der unangenehmen Blicke hatte er beim Eintreten die Holzverschalung bemerkt, die das Hauptportal des Münsters nach wie vor zudeckte. Dahinter würden die Kopien der Figuren aus dem Historischen Museum aufgestellt werden. Ein erneuertes Jüngstes Gericht sollte auf die Berner Kirchgänger herabblicken. Und Fahrni erinnerte sich an das, was ihm der junge Mann im Museum gesagt hatte, an die Rechtschaffenen, die zur Rechten von Jesus in den Himmel emporgehoben wurden, an die Sündigen, die den Weg in die ewige Verdammnis gingen. Wo mochte von Aarbach dereinst hingewiesen werden?

Und der Pfarrer fuhr in seiner Predigt ausgerechnet dort weiter, wo Fahrni vor drei Tagen zu denken aufgehört hatte. Unerbittlich folgte er der öffentlichen Stimmung und zitierte die Offenbarung: "Die Feigen aber und Ungläubigen und Frevler und Mörder und Unzüchtigen und Zauberer und Götzendiener und alle Lügner, deren Teil wird in dem Pfuhl sein, der mit Feuer und Schwefel brennt; das ist der zweite

124

Tod." Unbarmherzig war das Wort Gottes für die Sündigen, jedoch für die Trauerfamilie wollte der Geistliche Trost spenden, indem er die Verse über das neue Jerusalem vorlas: "Und ich hörte eine grosse Stimme von dem Thron her, die sprach: Siehe da, die Hütte Gottes bei den Menschen! Und er wird bei ihnen wohnen, und sie werden sein Volk sein, und er selbst, Gott mit ihnen, wird ihr Gott sein; und Gott wird abwischen alle Tränen von ihren Augen, und der Tod wird nicht mehr sein, noch Leid noch Geschrei noch Schmerz wird mehr sein; denn das Erste ist vergangen."

Diese Worte jedoch verfehlten den gewünschten Effekt. Marianne und die Kinder waren ohne Trost, sie heulten fassungslos, so dass man allgemein ganz erstaunt auf die Trauerfamilie blickte.

Nach der Abdankung zerstreuten sich die meisten Menschen, sie liessen sich wieder einfangen vom Alltag. Auch der offizielle Akt war jetzt zu Ende. Die Beerdigung sollte in kleinerem Rahmen auf dem Schosshaldenfriedhof durchgeführt werden, wo auch die Leiche Olivier von Aarbachs aufgebahrt lag. Auch Fahrni begab sich dorthin, verfolgte aber die Geschehnisse nur aus der Ferne. Als die Beerdigung vorüber war und die meisten Besucher der Feierlichkeiten ihre Beileidsbezeugungen hinter sich gebracht hatten, kam Fahrni aus dem Schatten des Baumes hervor und begab sich zu Marianne.

Er streckte ihr die Hand zum Grusse hin. Die verschleierte Witwe zögerte kurz, bevor sie Fahrnis Bezeugung annahm. Es war ihm nicht verborgen geblieben. Auch die Kinder waren seltsam reserviert. Irgendetwas schien nicht zu stimmen. Fahrni trat einige Schritte zur Seite und beobachtete die letzten Trauernden, die sich verabschiedeten. Offenbar sollte kein grösseres Leichenmahl durchgeführt werden.

Da trat von der Seite her - Fahrni hatte sie nicht bemerkt - Anja auf ihn zu. Sie zog ihn am Arm weg von den übrigen und sagte: "Ich muss dich kurz sprechen. Es ist aber nicht nötig, dass uns jemand zusammen sieht."

"Was ist eigentlich los?" brummte der Kommissar. "Das ist ja eine Stimmung, wie wenn ich euren Vater umgebracht hätte."

"Das gerade nicht", erwiderte Anja, "aber wir hatten vor ein paar Tagen einen seltsamen Zwischenfall, von dem Mutter meinte, es wäre besser, du würdest nichts davon erfahren."

Und sie erzählte Fahrni die ganze Geschichte von den Punks, ihrem überfallartigen Erscheinen und den Vermutungen, die sie über ihren Vater und auch über die Polizei ausgesprochen hatten. Fahrni war verblüfft. Damit hatte er nicht gerechnet, dass sich diese Leute so weit vorwagten. Er wusste zwar, dass sie ausgesprochen grob vorgehen konnten, aber üblicherweise hatte sich das auf die eigenen Kreise beschränkt. Anja war unsicher, aber man merkte auch, dass sie Angst hatte.

"Ich erzähle dir das nicht aus reiner Freude am Berichten. Ich möchte genauere Auskünfte haben. Wir sind alle ein bisschen verunsichert. Natürlich glauben wir nicht, was diese Typen sagen. Aber wir haben Vater in letzter Zeit wirklich nicht mehr oft gesehen, ausserdem sind wir über seine Geschäfte nicht auf dem Laufenden. Du weisst da besser Bescheid. Könnte es sein, dass an dieser Geschichte etwas dran ist?"

126

Fahrni war verblüfft. Er hatte dem Mädchen keine so grossen Zweifel an ihrem Vater zugetraut. Und er konnte ihr keine ehrliche Antwort geben: "Ich weiss es nicht genau. Ich denke nicht, dass Olivier sich zu solchen Dingen herabgelassen hat. Schliesslich ist sein Geschäft doch gut gelaufen. Das hatte er nicht nötig."

Anja war es nicht entgangen, dass die Unsicherheit Fahrnis Stimme beherrschte, und sie sagte enttäuscht: "Du glaubst es also auch. Ob wohl auch das andere stimmt, was uns die Punks erzählt haben? Aber da bist du kaum der Richtige für eine Antwort."

"Aber...", Fahrnis Einspruch kam zu spät.

Anja wandte sich zum Gehen: "Leb wohl. Es ist wahrscheinlich besser, wenn du in nächster Zeit nicht bei uns vorbeikommst!"

21

Fahrni konnte nichts Vernünftiges essen an diesem Tag. So begab er sich kurz nach der Beerdigung wieder in die Polizeihauptwache in sein Büro. Nach der Mittagspause kamen auch Schmidt und Meister-Späth, die ein bisschen besser aussahen als der Kommissar. Es war Zeit für eine Bilanz.

Schmidt erklärte: "Wenn ich es von nahe betrachte, sind wir noch etwa gleich weit wie vor dem ersten Todesfall. Wir wissen so gut wie nichts."

"Das kannst du so nicht sagen", fiel ihm Meister ins Wort, "immerhin hast du doch über diese Ethnologin eine ganze Menge rausgefunden."

"Was denn?" fragte Fahrni interessiert. "Gibt es etwas Neues in dieser Sache?"

Schmidt sagte: "Wir haben heute morgen ein wenig recherchiert. Es scheint allgemein bekannt gewesen zu sein, dass Michèle Schaefer über ihre Verhältnisse lebte. Aber alle Leute, die mir das gesagt haben, schrieben es ihrer Beziehung zu einem reichen Unternehmer zu. Dass es von Aarbach war, wollen die wenigsten so konkret gewusst haben. Sie vermuteten wohl, sie würden sich durch diese Aussage gesellschaftlich unmöglich machen. Und da der Mann ja sowieso tot ist, verzichteten sie auf genauere Angaben. Aber diese Beziehung ist geklärt."

Meister fuhr fort: "Was wir uns jetzt noch nicht so klar vorstellen können, ist, wie von Aarbach all die Ausgaben hatte finanzieren können. Sicher hat er ein gutgehendes Import-Export-Geschäft besessen. Aber so gut scheint es ihm auch wieder nicht gegangen zu sein. Immerhin hat ihm die Bank im letzten Jahr einen grösseren Kredit verweigert mit dem Hinweis auf noch ausstehende Schulden. Das machen sie normalerweise nur dann, wenn ein Unternehmen kurz vor dem Zusammenbruch steht."

"Wo habt ihr denn das wieder rausgefunden? Hat euch der Chef seine Blankounterschrift für bankinterne Untersuchungen gegeben?" Fahrni staunte über den Tatendrang seiner Mitarbeiter.

"Ganz und gar nicht." Meister triumphierte. "Wir haben einfach auf allen Banken nachgefragt, ob in letzter Zeit grössere Kreditbegehren von der Firma von Aarbachs gestellt worden seien. Da hat man uns diese Auskunft gegeben. Ausserdem gibt es eine Detektei, die die Solvenz von Unternehmen prüft. Bei denen hat Schmidt als Privatgläubiger angerufen und gefragt, ob es ratsam wäre, von Aarbach einen Kredit zu geben. Aber dieser scheint in der Branche als schlechter Schuldner bekannt zu sein. Jedenfalls haben die Leute dringend abgeraten, da zu wenig Sicherheiten vorhanden wären. Von Aarbachs Firma besitzt ja kein Grundeigentum, die einzigen Reserven bilden die Warenbestände, und du weisst ja, wie wertbeständig modische Kleiderkollektionen sind."

"Also haben wir darauf verzichtet, von Aarbach weiter Kredit einzuräumen. Wir gehen jetzt definitiv davon aus, dass da eine Einnahmequelle vorhanden gewesen sein muss, die durch die offiziellen Transaktionen nicht ausgewiesen ist. Nur wissen wir nicht, wo diese Quelle sprudelt. Deshalb habe ich anfangs gesagt, wir seien noch keinen Schritt weitergekommen."

"Wir verlegen uns jetzt auf Spekulationen, die wir dann irgendwie beweisen sollten. Das dumme ist nur, dass wir das unserem Chef nicht vorlegen können. Die Angelegenheit ist so delikat, dass wir sie lieber für uns behalten würden." Meister seufzte.

"Aber ohne diese Spekulationen können wir unsere Ermittlungen gleich einstellen."

Fahrni wurde langsam ungeduldig und sagte: "Nun macht schon, wie sehen denn eure Spekulationen aus?"

Schmidt blickte Fahrni direkt in die Augen, wohl wissend, dass er über einen Freund seines Vorgesetzten sprach: "Wir nehmen einen engen Zusammenhnag zwischen allen vier Todesfällen an. Der Zusammenhang heisst 'Heroin'."

Fahrni machte eine wegwerfende Handbewegung.

"Lass ihn doch zu Ende reden", sagte Meister.

"Das Mädchen muss eine Abnehmerin oder eine Wiederverkäuferin des Stoffs gewesen sein. Vielleicht hat sie zu viel gewusst, so dass sie liquidiert werden musste. Ich gebe zu, das wäre das erste Mal auf dem Platz Bern - soweit wir das wissen -, dass eine Abrechnung im Drogenmilieu auf derart brutale Art und Weise vorgenommen worden wäre. Aber es ist doch ein Mordmotiv."

Meister strahlte und fuhr fort: "Olivier von Aarbach und Michèle Schaefer haben den Transport und den Verkauf des Rauschgifts organisiert. Du erinnerst dich an die fehlenden Kilogramme in den Sendungen der völkerkundlichen Abteilung des Historischen Museums. Wir haben die Akten genauer durchgesehen. Dies war regelmässig in den thailändischen Kisten der Fall. Aus dem goldenen Dreieck im Norden des Landes stammt schliesslich immer noch der grösste Teil der Heroinproduktion auf dieser Welt."

"Von Aarbach oder Schaefer müssen mit dem Stoff auf einer ihrer Thailandreisen in Kontakt gekommen sein. Wie und wo das geschehen ist und wie sich die weiteren Geschäftsbeziehungen entwickelt haben, das wissen wir nicht."

"Reine Spekulation!" Fahrni freute sich gar nicht am Eifer seiner Polizisten. "Und was für eine Rolle hätte der SBB-Beamte gehabt?"

"Nicht SBB-Beamter, Wälti-Kroll war Bahn-Zolltechniker. Es gibt keine bessere Figur, um das ganze Paket ungeschoren über die Grenze zu bringen. Vielleicht hat er auch das Rauschgift behändigt, so dass die Feststellungen von Michèle Schaefer korrekt waren. Allerdings ist es dann fragwürdig, warum sie eine Beziehung zu von Aarbach unterhalten haben sollte. Das kann ja nicht alles nur vorgetäuscht gewesen sein." Schmidt geriet langsam ausser Atem.

Fahrni liess das alles eher kalt.

"Was ihr da behauptet, ist, dass der grösste Heroinschmuggelring, der je in Bern aufgedeckt worden ist, sich selbst ums Leben gebracht hätte. Da müsste es ja irgendeinen Nutzniesser geben, der vom Tod all der Leute profitiert. Aber man bringt doch nicht ohne Grund die Lieferanten und diejenigen, die fürs Vertuschen der Geschäfte verantwortlich sind, um. Da bricht der ganze Handel zusammen."

Meister fühlte, dass jetzt der ideale Moment wäre, um sich zu profilieren: "Vielleicht steckt die Konkurrenz dahinter. Die Grosseinfuhren haben wohl das Geschäft geschädigt. Wenn wir Pech haben, bekommen wir es mit der sizilianischen Mafia zu tun."

Schmidt doppelte nach: "Oder es ist jemand, der am ganzen Ring Rache nehmen wollte. Ein Abhängiger zum Beispiel. Oder jemand, der einen Freund oder eine Freundin im Drogenmilieu verloren hat. Oder als weitere Möglichkeit: Jemand, der durch den Kontakt mit der Drogenszene ein AIDS-Opfer geworden ist und sich an den Urhebern seiner Krankheit rächen will, so lange er das noch kann."

"Und was wollt ihr jetzt machen?" fragte Fahrni. "Soll ich die Alibis aller AIDS-Kranken überprüfen lassen? Soll ich vom Chef eine Genehmigung erwirken, damit wir die Bankkonten aller Beteiligten durchsehen können?"

"Das wäre eine gute Idee", warf Meister ein.

"Und mit welcher Begründung, wenn ich fragen darf? Ihr wisst ja selbst, wie heikel der Umgang mit den Banken in dieser Beziehung ist. Ausserdem scheint mir diese Hypothese wirklich sehr spekulativ. Ich würde mich nie getrauen, sie vor der Chefetage zu vertreten. Da kann ich meinen Job gleich an den Nagel hängen."

"Du brauchst es auch nicht zu erzählen. Wir sollten aber auf jeden Fall in dieser Richtung weiterarbeiten. Uns scheint dies der einzig gangbare Weg."

"Nun gut. Macht, was ihr wollt. Aber ihr könnt nicht mit meiner Unterstützung rechnen. Falls es hart auf hart mit dem Chef oder der Polizeidirektion geht, falls ihr nachweisen müsst, was ihr all die Tage gemacht habt, könnt ihr nicht auf meine Hilfe zählen. Ihr müsst das selbst verantworten!" Fahrni wandte sich ab.

Meister wagte noch einzuwenden: "Du bist aber auch schon eifriger an eine Untersuchung herangegangen, selbst wenn es um weniger wichtige Dinge ging."

"Vor allem, wenn es um weniger Wichtiges ging", fauchte Fahrni, "was glaubst du, was wir hier alles zu verlieren haben, wenn wir solche Hypothesen nicht beweisen können?"

22

Nachdem Meister-Späth und Schmidt wie in einem Rausch der Erkenntnis ihre Theorien dargelegt hatten, waren sie verfrüht in den Feierabend gegangen, um sich noch ein Bier zu genehmigen. Fahrni blieb allein im Büro zurück, ohne Begeisterung für den Tatendrang der beiden. Früher war das anders gewesen. Da war meistens er derjenige, der durch die unmöglichsten Thesen die Auflösung von Fällen weiterzutreiben suchte, auch wenn er sich damit öfters unmöglich gemacht hatte. Aber heute schien dieser Ehrgeiz verflogen.

Er dachte darüber nach, warum dies so weit gekommen war, dachte an sein fortschreitendes Alter, seine Einsamkeit, an all die Gestalten, mit denen er es in seiner Laufbahn zu tun bekommen hatte. Plötzlich fühlte er sich völlig allein gelassen auf der Welt, nachdem nun sogar Olivier nicht mehr für nächtliche Gespräche zur Verfügung stand.

Fahrni trat vor die Wand, an der die Karte der Stadt hing, auf der Schmidt vor einigen Tagen die seltsamen Linien eingezeichnet hatte, die die einzelnen Tatorte miteinander verbanden. Er nahm einen Lineal und den Bleistift zur Hand und begann, weitere Verbindungen zu zeichnen.

Zuerst kreiste Fahrni das Historische Museum ein. Dann zog er eine Linie zum Kursaal, die das Casino und die Stadtbibliothek sowie den Altenbergsteg kreuzte. Eine zweite Gerade zog er hinüber zur Marzilibahn. Auf ihrem Weg lag nur eine Kirche, ausserdem folgte sie der Dalmazibrücke. Das ergab alles keinen Sinn.

Doch als Fahrni den Bleistift weglegen wollte, erkannte er, dass die Gerade von der Marzilibahn zum Kursaal nun die Diagonale in einem ungleichseitigen Viereck bildete. Hastig nahm er den Lineal wieder in die Hand und zeichnete die andere Diagonale vom Historischen Museum zur Dépendance der SBB-Generaldirektion. Der Kreuzungspunkt befand sich genau im Käfigturm, dem früheren Gefängnis der Stadt Bern.

Jetzt wusste Fahrni, dass die Linien nicht sinnlos gezogen worden waren, sie mussten etwas zu bedeuten haben. Wenn man von den vier Eckpunkten ausging, an denen allen ein Mensch den Tod gefunden hatte, war es beinahe sicher, dass sich im Käfigturm etwas Entscheidendes ereignen würde, dass dort eventuell sogar die Lösung des Rätsels zu finden war. Fahrni beschloss, am nächsten Donnerstag auf jeden Fall im Käfigturm anwesend zu sein. Allein!

Dann schaute er sich das ganze noch etwas näher an. Er bemerkte, dass die meisten Linien Fluchtlinien waren, das heisst, sie hatten keinen gemeinsamen Schnittpunkt über das Geviert hinaus. Es gab nur zwei Ausnahmen: Die eine Schnittstelle lag auf einem zufälligen Punkt im Bremgartenwald. Die zweite jedoch befand sich gut erkennbar an der oberen Ecke des Parkwäldchens, das sich vom Eichholz-Camping den Abhang hinauf in Richtung Wabern zog.

Fahrni wollte jetzt nichts mehr unversucht lassen. Er war entschlossen, am andern Tag diesen Ort aufzusuchen, auch wenn er sich vielleicht in die Irre leiten lassen würde. Vorerst jedoch musste er nach Hause gehen. Es war bereits dunkel geworden, heute war nichts mehr zu machen. Er nahm den Stadtplan sorgfältig von der Wand und ersetzte ihn durch einen neuen. Sie brauchten ja oft bei bestimmten Fahndungsszenarien eine saubere Planungsgrundlage, und es würde nicht weiter auffallen, dass nach dieser langen Zeit ein neues Exemplar an der Wand hing. Es mussten nicht alle sofort wissen, was Fahrni entdeckt zu haben glaubte.

Mit einem Gefühl der Befriedigung verliess er das Büro und begab sich hinaus in die Kälte, die an diesem Morgen noch so grausam auf ihn gewirkt hatte. Jetzt schien sie ihn einzuhüllen und ihm eine letzte Chance zu geben.

23

Am Dienstag gegen Mittag, nachdem sich der Winternebel etwas gelichtet hatte, stieg Fahrni in sein Auto und fuhr nach Wabern, um nachzusehen, ob sein Verdacht vom Abend vorher gerechtfertigt war. Er hatte wegen der Einbahn-Strassensignalisation einen ziemlichen Umweg zu machen, bis er schliesslich der Tramlinie 9 folgen konnte, deren Endstation in der Vorortsgemeinde lag.

Fahrni fuhr bis zur Haltestelle der Gurtenbahn und suchte bei der St. Michaels Kirche einen Parkplatz. Von dort ging er zu Fuss die leicht abfallende Gossetstrasse hinunter, bis diese nach rechts abzweigte. Aus dem Plan, den er bei sich hatte, war nicht klar zu ersehen, ob ein Fussweg dem Waldrand folgte oder ob der Strich nur das grüne Feld begrenzte. Ein paar Schritte auf dem Weg zum Campingplatz überzeugten ihn aber bald, dass er einen andern Zugang suchen musste. Vor ihm lag im steilen Abhang zur Aare hin der parkähnliche Baumbestand, der jetzt so gelichtet war, dass man bis zum Fluss hinunter sehen konnte. Der schob sich träge zwischen den beiden Hügeln hin, er liess sich nicht drängen und kräuselte sich nur leicht, jetzt, da der Westwind immer stärker wurde. Unten dehnten sich in den Böen die Stoffbahnen von Zelten, die Indianer-Tipis nachgebildet waren: die Winterbleibe der Zaffarayaner. "Obdachlose, Punks und Gesindel", dachte der Kommissar voller Hass.

Fahrni fröstelte. Er schlug den Mantelkragen hoch. Dieser Sturm zog eine Wärme mit sich, die die ganze Luft nass machte. Schon der Nebel am frühen Morgen hatte darauf hingewiesen, aber jetzt blies der Wind immer stärker, es schien, als wollte er sich zum Orkan ausweiten. Der letzte Schnee würde schnell dahinschmelzen und dann wohl ein kräftiger Winterregen einsetzen, der durch seine Feuchtigkeit die Körper auskühlte.

Fahrni wandte sich zurück zur Strasse und bog in einen Fuss- und Veloweg ein, der erst vor kurzem erstellt worden war. Er stemmte sich gegen die Böen, die ihm ins Gesicht klatschten, und ging zwischen zwei Häuserreihen nach unten. Zu seiner Rechten schloss eine prunkvolle Villa das bebaute Plateau ab. Der Kommissar musste zu ihr hinaufblicken, denn der Weg war durch den Hang gezogen worden, um eine gleichmässige Absenkung zu erreichen. Auf den ersten Blick schien das Haus nicht bewohnt zu sein, es war abweisend in seiner harten Front, die den Passanten hochnäsig betrachtete. Der nicht mehr sehr frische, gelbbraune Anstrich verstärkte diesen Eindruck.

"Wie aus Dingen plötzlich Eigenschaften hervortreten, die man normalerweise nur Menschen zuschreibt!" Fahrni wunderte sich, aber dann erinnerte er sich auch, dass er hierhergekommen war, um einer Spur zu folgen, und für einen Moment glaubte er, sie könnte in dieser Villa gelegt sein. Noch einmal beugte er sich über seinen Plan, den ihm der Wind beinahe zerriss, sah dann aber, dass sich die Linien klar und deutlich neben dem Gebäude an der Waldecke kreuzten.

Er suchte weiter unten einen Weg. Aber nach diesem letzten Haus war der Abhang steil und durch einen hohen Zaun gesichert. Fahrni konnte sich diese Massnahme zuerst nicht erklären, sah dann aber, dass die Wiese im Sommer als Schafweide benützt wurde. Es blieb ihm also nichts anderes, als über den Zaun zu klettern. Das erwies sich als nicht ganz einfach, war doch zuoberst eine Rolle Stacheldraht aufgewickelt worden, in der ihm auch prompt der Saum des Mantels hängenblieb. Der Polizist fluchte, und beim Versuch, sich loszureissen, rutschte er auf der glitschigen Wiese auch noch aus und kam beinahe zu Fall.

Der Abhang war so jäh, dass Fahrni sich am Zaun festhalten musste, während er Schritt für Schritt seinen Weg erkämpfte und auf ein Tor zuging, das den Zutritt von der Schafweide zur Villa ermöglicht hätte, aber schon lange nicht mehr benutzt schien. Endlich hatte er es erreicht. Er hielt sich am fauligen Pfosten fest, atmete einige Male tief durch und blickte dann um sich.

"Ein seltsamer Platz!" dachte er.

Da lag auch noch ein letzter Rest Schnee, und in diesem Flecken fand Fahrni etwas, auf das er insgeheim gehofft hatte: einen gelben Umschlag, in eine durchsichtige Plastiktüte gehüllt!

Er musste schon ein paar Tage da gelegen haben. Die Schmutzspuren des schmelzenden Schnees waren deutlich auf dem Plastik zu erkennen. Bevor Fahrni den Umschlag öffnen konnte, musste er sich wieder seinen Weg zurück kämpfen, denn hier stand er zu unsicher. Er wollte nicht, dass etwa ein Beweismittel vernichtet würde durch Unachtsamkeit. Denn dass dieser Umschlag mit den Todesfällen zu tun hatte, darüber bestand kein Zweifel mehr.

Das Beunruhigende an der ganzen Sache war, dass jemand etwas wusste, was der Polizei nicht bekannt war. Es schien wahrscheinlich, dass diese Person sogar sehr viel mehr wusste als Fahrni und seine Kollegen. Ob es sich dabei um den Mörder oder einen Komplizen handelte, war nicht klar, aber auch nicht sehr wahrscheinlich, denn es wäre nicht sehr geschickt, die Polizei durch solche Tricks auf seine Fährte zu locken. Also war es jemand, der auf sich aufmerksam machen wollte. Das war gefährlich. Fahrni musste alles unternehmen, um den Fall in seiner Kontrolle zu behalten!

Endlich hatte er den Zaun wieder überstiegen, diesmal mit noch mehr Mühe als vorher. Er setzte sich auf eine Bank, die er weiter unten fand und deren Holzplanken während des Winters im Freien gelassen worden waren. Man hatte von hier einen grossräumigen Überblick über die ganze Stadt, ein Panorama, das im Moment demoralisierend wirkte: Die kahlen Laubbäume verdeckten den Fluss und seine Umgebung nur knapp in ihrer Totenstarre, die dahinterliegenden Bauten leuchteten in einem Sonnenstrahl unwirklich auf, während über all dem tiefhängende Wolkenfetzen rissen, die von weiss bis schwarz alle Schattierungen umfassten. Alles trieb gegen Osten. Fahrni fühlte sich unwohl in dieser Stimmung.

Er öffnete den Plastiksack und entnahm ihm den Umschlag. Er konnte sich kaum beherrschen, so dass er das Papier mehr zerriss denn öffnete. Darin lagen eine Fotografie und eine kleine Plastiktüte mit einem Druckverschluss. Sie enthielt ein weisses Pulver. Fahrni wusste, was das zu bedeuten hatte, er stöhnte auf, blickte kurz um sich, um zu sehen, ob er allein war, bevor er es dennoch öffnete, seinen angefeuchteten Finger hineinhielt, ihn an die Zunge führte, das Pulver abschmeckte und schliesslich ausspieh: Heroin!

Nun besah er sich die Foto genauer. Sie stellte einen seltsamen Kunstgegenstand dar, der Fahrni auf den ersten Blick nicht viel sagte. Es war eine metallene Platte mit abgebrochenen Rändern. In der Mitte davon stand ein offensichtlich afrikanischer Krieger mit Helm, Schild und Lanze, darum herum waren vier Krokodilköpfe gruppiert. Und schliesslich fand der Kommissar im Umschlag, den er nochmal genauer untersuchte, einen Papierstreifen, auf dem stand: "Donnerstag, du weisst, wo und wann!"

Das war der klare Hinweis dafür, dass jemand mehr wusste als Fahrni. Es war der Treffpunkt im Käfigturm, und die Person, die den Umschlag deponiert hatte, musste auch wissen, dass Fahrni gewillt war, alleine hinzugehen. Sonst hätte sie dieses Risiko nicht auf sich genommen. Aber die ungewöhnliche Platte? Es schien eine Hinweistafel zu sein, die man interpretieren musste. Der Kommissar sah in den Krokodilköpfen die bedrohlichen Gesichter der vier Toten, mitten drin aber die Figur des Rächers, vor dem man sich augenscheinlich in Acht zu nehmen hatte. Oder war es so etwas wie ein Voodoo-Zauber, ein Fetisch, von dem er einmal in einer geographischen Zeitschrift gelesen hatte?

Fahrni war beunruhigt. Er konnte sich jetzt keinen Fehler mehr leisten. Er zog den Mantel noch enger zu und ging zum Wagen zurück, ohne sich noch einmal umzublikken. Den gelben Umschlag, die Plastiktasche, das Heroinpäckchen und den Zettel schmiss er in einen Papierkorb bei der Kirche, nur die Foto steckte er sich in die Brusttasche. Dann fuhr er nach Hause.

140

24

Inzwischen war es Mittwoch geworden. Unter dem Druck der Ereignisse machte sich die Polizei auf, die grösste Fahndungsbereitschaft zu erstellen, die es jemals in der Geschichte der Berner Stadtpolizei gegeben hatte. Das Heft war Fahrni durch einen Beschluss der Polizeidirektion aus der Hand genommen worden. Wohl waren er und seine Abteilung weiterhin für die Bearbeitung der Fälle zuständig, aber die Koordination der Aufgaben zwischen den verschiedenen Stäben übernahm die oberste Leitung. Fahrni und seinen Kollegen konnte das soweit recht sein, wurden sie doch so nicht mehr direkt zur Verantwortung gezogen, falls auch diese Überwachung scheitern sollte. Auch konnten sie in aller Ruhe an ihren Ermittlungen weiterarbeiten.

Schmidt und Meister-Späth hatten gemeinsam an ihrer spekulativen Theorie weitergebastelt, hatten aber keine konkreten Anhaltspunkte dafür sammeln können. Es war Schmidt einzig aufgefallen, dass es seit einiger Zeit zu einer Verknappung des Heroinangebots in der Szene gekommen war, was direkt mit ihrer Sache zusammenhängen konnte oder allenfalls ein Ausdruck der allgemein verstärkten Polizeipräsenz war. Ein gültiger Beweis war es jedenfalls nicht. In verschiedenen Momenten waren sie sogar gewillt, ihre Untersuchungen abzublasen und Fahrni recht zu geben, der sich aus dem ganzen sehr stark heraushielt. Aber ob der Hoffnungslosigkeit der Lage forschten sie weiter, gingen Fahndungsrapporte durch, suchten im Computer und in den Bildarchiven nach Zusammenhängen, konnten aber nichts finden. Offenbar waren die vier Toten unbeschriebene Blätter, was die polizeilichen Akten betraf. So musste entweder der Handel erst seit kurzer Zeit laufen - der Anhaltspunkt dafür war zwei Jahre, was aus den bisherigen Erkenntnissen hervorging - oder sehr gut verkappt gewesen sein.

Eine ungeklärte Frage betraf das Verteilnetz, das ja bei einer grossen Menge von Drogen vorhanden gewesen sein musste. Irgendjemand aus der Szene musste doch die Leute kennen, die umgekommen waren. Aber trotz breiter Befragungen war dabei nichts herausgekommen. Schmidt versuchte es noch über die Freunde der Susanne Weibel. Vielleicht war sie der Schlüssel zum ganzen. Aber auch von dieser Seite her war keine grosse Hilfe zu erwarten, was auch nicht weiter verwunderlich war. Wenn jemand schon den Tod gefunden hatte, weshalb sollten die andern wohl der Polizei noch Hilfestellung leisten. Viel eher war es wahrscheinlich, dass sie selber auf der Suche nach den Mördern waren.

Schmidt stand vor einem Rätsel, für das er nur eine Erklärung auf Lager hatte: Wenn dieser Drogenring existierte, dann wurde das Rauschgift nicht in der Stadt Bern abgesetzt, sondern weiterverfrachtet an einen dritten Bestimmungsort.

Meister wollte wissen: "Wie willst du dann den Tod der jungen Frau erklären. War das vielleicht der zufällige Anfang, nach dessen Schema weitergemacht wurde, um irgendeine andere Verbindung zu vertuschen? Also doch der grosse internationale Dreh?"

"Vielleicht war sie ein eher zufälliges Opfer", überlegte Schmidt, "ich meine damit, sie hatte mit der eigentlichen Sache gar nichts zu tun, sie wäre da nur dazwischen gera-

142

ten. Möglicherweise hat sie einen Anteil vom Rauschgift bekommen - aus was für Gründen auch immer - und ist dann aus dem Weg geräumt worden, als sie mehr wollte oder weil sie den Verteiler kannte.

Wir müssten nochmal von vorne beginnen, Schritt für Schritt den ganzen Weg nachvollziehen können. Aber da machen sie uns jetzt einen Strich durch die Rechnung mit diesem Grossaufgebot, das uns im Moment jede ernsthafte Recherche verunmöglicht. Ich würde vorschlagen, mal den Donnerstag abzuwarten und zu sehen, was da geschieht. Vielleicht müssen wir uns nachher auch wieder um Fahrni kümmern, der sitzt in letzter Zeit so depressiv in seinem Büro rum."

Das war eine korrekte Einschätzung Schmidts. Fahrni sass wirklich in seinem Stuhl und grübelte vor sich hin. Er hatte die ganze Nacht über der Fotografie von der afrikanischen Metallplatte gebrütet, und es wurde ihm immer klarer, dass der Krieger in der Mitte nicht der Rächer war, sondern dass er selber damit gemeint sei. Dann war das so etwas wie sein Todesurteil, nur ohne gerichtliche Begründung. Oder sollte er das Heroinpäckchen als Urteil ansehen?

Fahrni war es nicht mehr zum Scherzen zumute. Er stürzte sich in die Vorbereitungen für den Donnerstag. Er sollte die Arbeit seiner Abteilung koordinieren. Nur wusste er noch nicht genau, wie er sich für die wichtigste Zeitspanne vom ganzen Treiben entfernen sollte. Er dachte daran, sich einen Beobachtungsstand im Käfigturm auszubitten, so bekäme er problemlos einen Schlüssel. Aber er musste es so arrangieren, dass er dabei allein bleiben konnte. Er musste sicher sein, dass nicht immer wieder einer seiner Kollegen bei ihm vorbeikommen würde.

Schliesslich hatte er die glänzende Idee, den Beobachtungsstand von 19 bis 22 Uhr zu beantragen, während der Zeit, in der die Demonstration der Bürgerwehr zu erwarten war. Da hatte er vom Käfigturm aus ideale Sicht nach unten, und es war sehr gut einzusehen, dass die Tür geöffnet bleiben musste. Nachher wollte er die offizielle Meldestelle ins Waisenhaus zurückverlegen, so dass alle Informationen dort zusammenlaufen müssten. Da würde es nicht weiter auffallen, wenn er noch eine Stunde länger im Turm bliebe. Bis alles neu organisiert war, würde sein Fehlen im zu erwartenden Chaos nicht weiter auffallen.

Aber das Warten auf das entscheidende Ereignis war doch anstrengender als die Fahndungsarbeit zuvor, Fahrni war wesentlich nervöser als sonst bei heiklen Angelegenheiten. Zum ersten Mal fühlte er, dass es um sein eigenes Leben ging. Er konnte sich nicht mehr auf die gesicherte Position des aus der Ferne Betrachtenden zurückziehen. Die gesamte Lage wurde brenzlig, nicht nur für die Politiker, die den Ruf der Stadt und ihrer Organe zu verteidigen hatten, auch für ihn, den Kommissar in unbedeutender Stellung, ging es um mehr als gewöhnlich. Vielleicht würde er nach diesem Fall seine polizeiliche Laufbahn an den Nagel hängen...

Ob er dann zuerst mal Urlaub machen sollte? Ein paar Wochen wegfahren, ans Meer, möglichst weit weg aus der Kälte dieses Winters, an einen Ort, wo er seine Ruhe hatte und über seinen weiteren Lebenslauf nachdenken konnte. Schliesslich war nicht nur seine Karriere im Eimer, auch die einzige ihm wichtige Freundschaft gab es nicht mehr. Er hatte niemanden und nichts zu verlieren.

So sass Fahrni denn weiter in seinem Büro, grübelte vor sich hin und machte seiner Umwelt Angst mit seinem Verhalten, das sie als eine tiefe Unentschlossenheit und Demütigung deuteten, weil ihm der wichtige Fall weggeschnappt worden war. Aber er musste es schliesslich zugeben: Der Ertrag, den seine Recherchen ergeben hatten, war gleich null gewesen. Man konnte also niemandem einen Vorwurf machen, wenn man ihn in andere Hände gab.

"Es gibt für mich auch nichts mehr aufzuklären", dachte Fahrni, "es liegt vor mir nur noch der Weg durchs Feuer!"

25

Am Abend des 8. Februars war es kühl, aber nicht so kalt, dass man um keinen Preis einen Fuss aus der warmen Stube gesetzt hätte. Ausserdem war die Luft recht trocken, so dass die Kälte erträglich war. Mehr Leute als an den vorangegangenen Donnerstagen waren in der Stadt, um während des Abendverkaufs jemanden zu treffen. So fiel es vorerst nicht sehr auf, dass sich eine kleine Menge auf dem Bärenplatz versammelte, und zwar, wie es Fahrni richtig vorausgesehen hatte, direkt unter dem Käfigturm. Das massige Sandsteingebäude beherrschte den Platz in seiner wuchtigen Behäbigkeit. Es trennte die Hauptgasse durch einen grossen Torbogen, unter dem die Trams und Busse durchfuhren. Daneben war ein Teil aus der abweisenden Häuserzeile ausgebrochen: Wie ein Zahnlücke war dort jetzt ein Loch, damit für den Verkehr genügend Platz offen blieb.

Hier hatte sich Fahrni verschanzt. Hinter einer Glastür begann die steinerne Treppe, die in grossen Tritten und engen Wendungen nach oben führte in den zweiten Stock. Dort wurden Ausstellungen durchgeführt, ebenso waren im Turm eine Fremdenverkehrsauskunft und Konferenzsäle untergebracht. Fahrni hätte noch zwei Stockwerke höher gehen können, der Ausblick auf die umliegenden Plätze war von ganz oben weit besser. Allerdings war es jetzt schon dunkel, und er musste sich auf die Ereignisse direkt unter ihm konzentrieren, so dass es sinnvoller war, wenn er nicht weiter hinauf stieg.

Vorerst musste der Kommissar eine Ausstellungswand beiseite rücken, damit er sich bequem vor dem schmalen Fenster postieren konnte. Auch einen Schlüssel sollte er noch auftreiben, um das hermetisch geschlossene Fenster zu öffnen, denn wenn er das Funkgerät benützen musste, war es wohl besser, wenn er nicht hinter einer dicken Sandsteinwand versteckt war. Hinter der Wand hatte er einen Tisch installiert, auf dem die Kollegen allfällige Wahrnehmungen notieren und schriftliche Mitteilungen deponieren konnten. Fahrni hoffte allerdings, dass er nicht zu oft gestört würde. Schliesslich wollte er lieber im Dunkeln sitzen bleiben, als all die Aufmerksamkeit des Volkes auf sich zu lenken.

Die Mitglieder der Aktionsgemeinschaft, die noch nicht so zahlreich erschienen waren, hatten inzwischen damit begonnen, Flugblätter an die Menge zu verteilen. Nur wenige Menschen allerdings blieben stehen. Die meisten veranlassten diese Flugblätter höchsten dazu, ihren Abendeinkauf schneller abzuwickeln und dann so rasch als möglich nach Hause zu gehen. So war noch nicht viel geschehen, als es endlich neun Uhr wurde. Die wenigen Markthändler, die in der Kälte noch ausgeharrt hatten, begannen, ihre Stände abzuräumen, wenn sie dies nicht schon getan hatten. Schliesslich blieben etwa zweihundert Leute auf dem Bärenplatz, bewacht von einem guten Dutzend ziviler Beamter der Polizei, wie Fahrni unschwer feststellen konnte.

Ab und zu, aber zum Glück selten genug, kam einer der Kollegen zu ihm hoch und beneidete ihn um die "warme Stube", die er da habe. Aber zu melden wussten sie nichts Wichtiges. Auch über Funk kam nichts herein, das als ungewöhnlich angesehen werden musste. Es schien eine eher ruhige Nacht zu werden.

Weil die ganze Kundgebung ziemlich unorganisiert war - es bestand auch keine offizielle Bewilligung dafür -, konnte Fahrni nicht richtig erkennen, ob überhaupt etwas geschah. Bei früheren unangemeldeten Demonstrationen war die Polizei schon ganz anders aufgetreten, mit Tränengas und Gummigeschossen wurden manchmal die Linken vertrieben. Aber heute schienen solche Massnahmen nicht notwendig. Wichtig war festzustellen, wer sich hinter dieser Bürgeraktion verbarg. Das aber war die Aufgabe der zivilen Kräfte und der Fotografen. Darauf hatte Fahrni ohnehin keine Lust. Die Spitzelei, nur um die Register zu füllen, war nicht seine Sache. Lieber kümmerte er sich um die Aufklärung von Verbrechen, die schon geschehen waren.

Plötzlich aber, gegen halb zehn Uhr, kam Bewegung in die Masse. Am andern Ende des Bärenplatzes, in Richtung Bundeshaus, war eine kleine Gruppe von Punks aufgetaucht, vier junge Menschen, die recht abenteuerlich gekleidet waren. Fahrni konnte sie aber nicht sehr gut erkennen. Er hörte nur plötzlich eine Stimme aus der Masse, die etwas von "Abschaum" rief, der "angesehene Leute aus der Bürgerschaft auf dem Gewissen habe".

Die Punks wurden als lebendes Beispiel genommen für die Verderbtheit der Jugend. Grölend stimmte die Masse ein in die Hasstirade des Redners, den Fahrni jetzt plötzlich sehen konnte. Es war ein Mann um die fünfzig, nicht sehr gut gekleidet, sein alter Wintermantel und die unsauberen Haare machten keinen vorteilhaften Eindruck auf den Kommissar. Aber den Leuten unten auf dem Platz schien das keine Rolle zu spielen.

Fahrni griff zum Funkgerät und orderte für die Kollegen Verstärkung. Jetzt war es Zeit, dass die uniformierte Polizei einschritt, am besten würde man die Grenadiere kommen lassen und sie vorerst "unsichtbar" an den neuralgischen Stellen des Platzes postieren. Man wusste nie, was ein paar fanatisierten Typen einfallen konnte, wenn sie ihren Gegner erblickten.

Dieser Gegner schien sich um all das nicht zu kümmern. Er steuerte direkt auf den Haufen zu. Fahrni wäre zu ihnen hinüber gegangen, um sie zu bitten, einen andern Weg zu nehmen, aber dafür war es jetzt zu spät. Er rechnete mit einem Zusammenstoss. Tatsächlich lösten sich schon bald ein paar Männer aus der Gruppe der Demonstranten und traten den Punks in den Weg.

Ein Ziviler war auch darunter, der das Funkgerät eingeschaltet liess, so dass Fahrni mithören konnte, was unten gesprochen wurde. Der Wortführer der Gruppe schrie die Punks an: "Macht, dass ihr hier wegkommt, und zwar sofort! Sonst geht es euch an den Kragen! Einer solchen Brut haben wir es zu verdanken, dass Leute in der Stadt sterben. Schade verrecken nicht alle von euch so wie diese Drogenhure!"

Dann stellte er sich breitbeinig auf den Platz, damit alle sehen würden, wie tapfer er war. Fahrni konnte jetzt erkennen, dass es sich bei den Punks um zwei Männer und zwei Frauen handelte. Ohne ein Wort zu sagen, zog der eine ein Klappmesser und hielt es demonstrativ vor sich hin. Während alle gebannt darauf starrten, hatte der zweite, der eine Irokesenfrisur trug, schon mit einer Fahrradkette zugeschlagen und den Angeber schräg über das Gesicht getroffen. Die beiden Frauen hatten offenbar Tränengas- oder Pfeffersprays bei sich, denn jetzt stoben die paar Leute auseinander, und auch der Kollege entfernte sich, so rasch er konnte. Begleitet von einem lauten Murren, gingen die Punks ihres Weges. Keiner traute sich mehr in ihre Nähe. Der Anführer der besorgten Bürger wurde von seinen Kollegen weggeführt. Fahrni sah, dass er eine Platzwunde im Gesicht davongetragen hatte. Insgeheim beglückwünschte er die Punks zu ihrem kurzen und effektvollen Auftritt, denn diese Bürgerwehrtypen mit ihren Nazisprüchen konnte jetzt keiner brauchen. Aber ob sich das Problem damit nicht noch verschärfte?

Inzwischen war es bereits nach zehn Uhr. Fahrnis Kontrollposten war offiziell aufgehoben. Er war so sehr auf die Aktion auf dem Platz konzentriert gewesen, dass er den Schatten nicht bemerkt hatte, der sich im Hintergrund des Raumes befunden hatte und dann die Steinstufen, die sich hier oben zu einer Wendeltreppe fanden, weiter in die Höhe gestiegen war. Fahrni schloss das Fenster und wusste einen Augenblick lang nicht, was er nun tun sollte. Er hatte die Dienstpistole bei sich, aber er hoffte, dass er davon nicht Gebrauch machen musste. So liess er sie vorläufig im Schulterhalfter stecken.

26

"Fahrni!" ertönte unvermutet eine Stimme von oben. Der Angesprochene erschrak. Eben hatte er die Lampe ausgeschaltet, er konnte noch nicht gut sehen.

"Komm rauf, aber mach kein Licht!"

Der Befehlston erschreckte den Kommissar, und er begab sich die Treppe hinauf in das obere Stockwerk. Nur leicht schienen die Strassenlampen von unten herauf, viel mehr als Schemen liessen sich nicht erkennen.

"Mach keinen Unsinn, lass die Pistole, wo sie ist!"

Fahrni wusste nicht, wie die andere Person ihn so gut sehen konnte, hatte er doch eben erst die Hand an seine Innentasche gelegt. Aber wahrscheinlich war es besser, die Pistole im Halfter zu lassen, denn wenn der andere auch bewaffnet war, hätte er sowieso keine Chance gehabt. Er durchquerte den Ausstellungsraum und kam bis zum Fuss einer weiteren Treppe.

"Bleib dort unten stehen! Ich habe mit dir zu reden."

Da fiel Fahrni, der sich bis dahin auf anderes konzentrieren musste, auf, dass es sich um eine weibliche Stimme handelte, die ihm hier Befehle gab. Um eine Stimme überdies, die er irgendwoher kannte. Aber er konnte im ersten Moment nicht darauf kommen. Über ihm hing das Gestänge des Uhrwerks, das die Zeiger aussen am Turm bewegte, schwere Steingehänge und eine Kugel, die sich im Takt der Sekunden bewegte. Das leise Knarren in den alten Uhrwerkrädern machte ihn zusehends nervöser.

"Mich hast du hier wohl nicht erwartet", klang die Stimme in die Nacht. Sie lachte. Der Turm warf das Lachen zurück, so dass es etwas Dämonisches an sich hatte. Da erkannte Fahrni die Frau.

"Ariane!"

"Also doch, ich dachte schon, du hättest mich endgültig vergessen?"

"Ich kann es nicht glauben, Ariane Beer! Wie lange bist du schon nicht mehr bei uns? Mehr als ein paar Monate werden es nicht sein."

"Das solltest du selber am besten wissen", entgegnete Ariane, "du hast mich schliesslich rausgeekelt, weil ich dir in einer bestimmten Sache zu weitgehende Untersuchungen angestellt hatte."

"So kannst du das aber nicht sehen!" Fahrni versuchte, einen Spielraum für sich rauszuholen.

"Du weisst aber inzwischen, dass ich weiter recherchiert habe. Und du kennst auch die Ergebnisse, sonst wärst du heute abend nicht hier. Hast du das Päckchen gefunden?"

"Ja. Aber es ist mir nicht ganz klar, was es bedeuten soll." Fahrni stieg zwei Stufen empor.

"Bleib, wo du bist! Es ist besser für dich, wenn wir uns nicht zu nahe kommen. Du willst nicht wissen, was das alles bedeutet? Du weisst es ganz genau! Lass uns mit offenen Karten spielen. Es ist deine letzte Gelegenheit!"

Fahrni glaubte kein Wort, aber er war fest entschlossen, Ariane nicht ungeschoren davonkommen zu lassen. Und dennoch reizte es ihn zu erfahren, was die Frau, die ihm schon so viel Verdruss bereitet hatte, wirklich alles rausgefunden hatte. Er willigte also ein: "Nun gut, erzähl mir, was du weisst!"

"Vorerst noch eine Frage: Hat dich der Tod deines Geschäftspartners stark mitgenommen?"

"Wieso Geschäftspartner? Olivier war mein Freund!"

Eine ehrliche Entrüstung war in Fahrnis Worten zu verspüren, und Ariane wusste im selben Moment, dass sie gewonnen hatte. Wenn der Kommissar sich so schnell aus der Ruhe bringen liess, hatte er viel zu verlieren. Auch Fahrni selbst war seine Ungeduld aufgefallen, aber er konnte nichts tun, um sie zu verbergen.

Ariane fuhr fort: "Gehen wir mal alles von Anfang an durch. Ich kenne leider auch nicht sämtliche Details, aber ich kann mir die Dinge zusammenreimen, und du wirst mir den Rest jetzt erzählen. Am 11. Januar wird Susanne Weibel, von ihren Freunden Suslowa genannt, bei der Bergstation der Marzilibahn ermordet..."

"Sie hat sich aufgehängt", fuhr Fahrni dazwischen.

"...ermordet! Du hast sie aufgehängt, nicht sie sich selber! Erzähl mal, wie du auf die Idee gekommen bist! Hat dir von Aarbach erzählt, was er alles bei dieser Frau angerichtet hat, war es ein Freundschaftsdienst?"

"Also, ich erzähle dir, was ich weiss. Es wird aber strikte unter uns bleiben. Wenn du die Regel nicht akzeptierst, werde ich dafür sorgen, dass niemand mehr etwas von dir erfährt."

"Mit plumpen Drohungen kommst du nicht weiter. Erzähl!"

"Olivier hat mich angerufen und mir erklärt, dass sein Geschäft gefährdet sei, er stehe vor dem Konkurs."

"Das Heroingeschäft ist doch aber ganz gut gelaufen!"

"Aber er konnte doch nicht einfach Heroin importieren, er musste seine Kleidereinfuhren aufrechterhalten, sonst wäre es sehr schnell aufgefallen. Da hat er mir gesagt, dass jetzt auch noch der Drogenhandel ins Stocken geraten sei, weil eine Kontaktperson nicht mehr richtig mitmachen wolle, es sei ihr zu heiss geworden. Das war der Zolltechniker, wie du sicher rausgefunden hast."

"Kalter Kaffee! Den hast du nicht auf dem Gewissen. Ich will die Story von Susanne Weibel hören. Hast du die Frau gekannt?"

"Nein. Olivier bat mich, ihm aus der Patsche zu helfen. Er hätte sich da mit einem Mädchen aus der Drogenszene eingelassen, und das wolle jetzt seine regelmässige Lieferung Heroin, sonst würde sie ihn verpfeifen."

"Dass er sie brutal vergewaltigt hat und deswegen Angst hatte, das hat er dir wohl nicht erzählt?"

"Nein!" Fahrni war ehrlich überrascht. Wieder war Ariane eine Nasenlänge voraus. "Du meinst, es ging gar nicht so sehr um das Heroin?"

"Auch, aber nicht in erster Linie. Von Aarbach konnte diese Schmach nicht auf sich sitzen lassen. Die junge Frau hatte sich ihm nicht freiwillig hingegeben. Er hatte sie tief verletzt. Dafür schwor sie ihm Rache. Ihre Freunde waren auch schon unterwegs zu dieser Rache. Es sind die Punks, die du vorhin auf dem Bärenplatz gesehen hast. Sobald die rausfinden, dass du mit der Sache zu tun hast, bist du endgültig dran. Du hast gesehen, dass sie von einem gewissen Moment an keine Rücksicht mehr nehmen. Und ich kann dir sagen, sie sind auf einer sehr heissen Spur!"

"Scheisse!" Fahrni war plötzlich sehr müde. Er fühlte sich schuldig und hatte immer mehr das Bedürfnis, sich auszusprechen.

"Eigentlich wollten wir die Frau nur ein bisschen auseinander nehmen. Wir haben eine polizeiliche Kontrolle vorgetäuscht an jenem Abend und Susanne mitgenommen.

154

Sie hatte Angst, sie hat von Aarbach ja auch schnell erkannt. Mir selber war sie noch nie begegnet. Aber in diesem Moment hatte eine höhere Logik zu herrschen. Olivier hatte sich einen Schlüssel zur Marzilibahn organisiert, wie er das gemacht hat, weiss ich allerdings nicht. Wir sind dann die Treppe hinunter gestiegen und haben der Kleinen Angst gemacht. Ich habe ihr gedroht. Da begann sie um Hilfe zu schreien. Glücklicherweise war niemand in der Nähe. Olivier hat ihr dann den Mund zugehalten und einen Strick aus seiner Manteltasche gezogen. Ich war zuerst völlig perplex, sah dann aber bald ein, dass es unser Ende wäre, wenn die Frau uns verraten hätte. So habe ich den Strick ebenfalls zur Hand genommen und von Aarbach geholfen. Es war grauenvoll. Olivier hatte sie zwar so stark gewürgt, dass sie kaum mehr atmete. Aber wie sie da in den letzten Sekunden zuckte... Ich wollte nicht hinschauen, konnte aber meinen Blick nicht abwenden. Ich werde sie für den Rest meines Lebens nicht mehr vergessen. Und dabei weiss ich nicht mal genau, wie sie ausgesehen hat!"

Fahrni verstummte, und auch Ariane hatte zu diesem Grauen nichts zu sagen. Nach einer Weile fuhr der Kommissar fort:

"Ich musste nun dafür sorgen, dass das Geschehen möglichst gut vertuscht werden konnte. Du weisst ja, dass der Selbstmord des Mädchens reibungslos durchging. Ich habe einfach Schmidt hingeschickt, der in seinem Eifer einige Details übersah, die an der Suizid-Theorie hätten zweifeln lassen."

"Und dann kam der 18. Januar, der Tod von Stefan Wälti-Kroll."

"Damit habe ich nichts zu tun! Das hat mich selbst überrascht, vor allem die Übereinstimmung von Tag und Zeit. Ich dachte mir, dass da jemand mehr wissen müsse und unseren Mord für seine eigenen Zwecke ausnützen würde. Ich hatte vor allem Angst, dass man nun nicht mehr an einen Zufall glauben und den Fall der Susanne Weibel näher untersuchen würde. Aber vorerst schien ich Glück zu haben. Niemand fragte speziell danach, ein Zusammenhang schien zu weit hergeholt. Erst als mir Olivier zwei Tage später erzählte, dass dieser Wälti-Kroll jeweils die Zollformalitäten der Heroineinfuhr erledigt hatte und mir seine Unruhe klarmachte, da wusste ich, dass wir in eine grössere Sache verhängt waren und nicht mehr so leicht davonkommen würden. Aber wir ahnten noch nicht, wer den Zollbeamten auf dem Gewissen hatte."

"Wie hat von Aarbach den Wälti-Kroll dazu überreden können, in eurem Geschäft mitzumachen?"

"Das war relativ einfach. Der Mann hatte Familie, eine Frau und zwei Kinder, und wohnte in einer kleinen Mietwohnung, weil sein Lohn weit und breit nicht ausreichte für den Lebensstandard, den er sich eigentlich vorgestellt hatte. Bei der Durchsicht der Zollpapiere ist er eines Tages einer Unstimmigkeit auf die Spur gekommen. Olivier hat - das hast du sicher herausgefunden -, früher auch im internationalen Waffenhandel mitgemischt. Er hatte ja einen Pass vom Sultan von B., mit dem er sich in der arabischen Welt problemlos bewegen konnte. Da hat der Beamte Unregelmässigkeiten entdeckt, einen Verstoss gegen die schweizerischen Waffenausfuhrbestimmungen. Er war nicht tragisch, aber es hätte ausgereicht, Olivier eine massive Busse aufzubrummen. Das hätte ihm die ganze Geschäftsgrundlage zerstört. Da hat Wälti-Kroll versucht, von Aarbach zu erpressen, um schnell zu einer grossen Menge Geld zu kommen. Die aber hatte Olivier nicht vorrätig. So hat er ihm ein Ersatzgeschäft vorgeschlagen. Damit war Wälti-Kroll drin."

"Aber gekannt hast du ihn nicht?"

"Nein. Die einzige, die ihn kannte, war Michèle Schaefer, die Geliebte Oliviers. Der hat er natürlich alles erzählt."

"Sie war es dann auch, die Wälti-Kroll aufsuchte, um einige Papiere verschwinden zu lassen, die sie hätten in Verdacht bringen können, denn es war im Museum inzwischen aufgefallen, dass ständig Sendungen über Thailand liefen, was gar nicht nötig gewesen wäre."

"Richtig. Aber sie kann ihn nicht umgebracht haben. Die Schmauchspuren an seiner Hand waren da, also muss er selbst geschossen haben."

Ariane sagte: "Sie hat ihn so sehr unter Druck gesetzt mit der Drohung, die ganze Geschichte zu veröffentlichen, dass er keinen anderen Ausweg mehr sah. Er wollte so auch seiner Familie die Besitztümer erhalten wissen, die er in den zwei Jahren aufgehäuft hat. Das ist ihm ja auch gelungen. Was ich nicht ganz verstehe: Warum hat Michèle Schaefer Wälti-Kroll aus dem Weg räumen wollen? Ohne ihn lief doch der ganze Handel nicht weiter?"

"Doch. Sie hatte eine andere Lieferlinie organisiert, weil die gegenwärtige doch schon zu oft benutzt worden war. Ausserdem liess sich der viele Stoff nicht länger in Bern absetzen, ohne dass man früher oder später aufgefallen wäre. Da wollte sie einen grösseren Profit für sich haben und die Kontrolle übers ganze Geschäft übernehmen. Olivier hätte im politischen Rahmen dafür sorgen sollen, dass wegen des Drogenkonsums keine allzu grosse Aufregung entsteht."

"Und du solltest die Untersuchungen so weit als möglich verhindern! Das ist der wahre Grund dafür, dass du mich rausgeekelt hast. Ich war dir zu eifrig, so dass ich dir hätte gefährlich werden können."

"Ganz richtig!"

"Und wieviel hast du an der Sache verdient?"

"Eine knappe Million hat für mich rausgeschaut, für die andern drei ein bisschen mehr. Aber ich habe ja auch nur im Hintergrund gearbeitet."

Ariane staunte. Mit diesen Beträgen hatte sie nicht gerechnet.

"Und was hast du in deinem freudlosen Leben mit dem vielen Geld gemacht?"

"Den grössten Teil habe ich in Aktien angelegt. Ich will gelegentlich meinen Beruf an den Nagel hängen und mir ein schönes Leben im Ausland organisieren. Daran wird mich niemand hindern, auch du nicht!"

"Lassen wir das für den Moment. Michèle Schaefer hat sich im Kursaal auch mit von Aarbach getroffen, nachdem er mich verlassen hatte. Ich war die unbekannte Frau, nach der ihr sicher gesucht habt. Von Aarbach hat mir an jenem Abend die Mosaiksteinchen geliefert, die mir noch gefehlt haben. Die Ethnologin muss auch ihn mächtig unter Druck gesetzt haben, damit er sich mit ihr auf die Toilette begeben hat. Diesmal war es Mord."

"Ja. Sie muss die Tür von aussen mit einem Passepartout verschlossen haben, nachdem sie Olivier umgebracht hatte."

"Offenbar gingen der Handel, das Leben und die Liebe auch ohne von Aarbach weiter. Da war es dir natürlich klar, wer für den Tod deines Freundes in Frage kam. Und das konntest du auch nicht auf dir sitzen lassen. Also hast du sie im Historischen Museum umgebracht."

"Du bist eine gute Kombiniererin. Schade, die Polizei hat eine fähige Beamtin verloren. Es war inzwischen viel zu gefährlich geworden, Michèle Schaefer weiter rumwüten zu lassen. Wer weiss, was sie noch alles angerichtet hätte. Ausserdem war auch klar geworden, dass die Todesfälle miteinander in Verbindung zu bringen waren. So habe ich sie denn vor das Museum bestellt, so wie du mich heute hierher beordert hast. Wir hatten uns nur wenige Male gesehn. Ich sagte ihr, ich wollte das Heroingeschäft mit ihr besprechen und allenfalls neu regeln. Wir gingen ins Museum, und als ich einen Kaffee wollte, mussten wir uns in die Eingangshalle begeben. Dort schüttete ich ihr die Zyankali-Kristalle ins Getränk."

"Und dann trugst du sie runter, ausgerechnet unter die Figuren des Jüngsten Gerichts!"

"Ich wollte sie einfach so weit wie möglich vom Eingang weghaben. Das hat mich mächtig geschockt, als ich am andern Tag die Details sah. Genau unter dem Teufel hat sie gelegen, der das Jüngste Gericht mit seiner Trompete einleitet!"

"Deshalb waren alle Spuren so sorgfältig verwischt, weil du oben dann aufräumen musstest."

"Richtig. Jetzt möchte ich aber noch etwas von dir wissen. Wie kamst du auf diese wunderbare geometrische Darstellung mit dem Käfigturm in der Mitte?"

"Das war eher Zufall. Ich bin ein visueller Mensch, und so habe ich es mir in der Polizeischule schon angewöhnt, alles aufzuzeichnen. Nun kannst du stets, wenn du vier Punkte hast, ein ungleichseitiges Viereck konstruieren. Die Diagonalen auszuziehen und den Schnittpunkt zum Treffpunkt zu machen, war relativ einfach. Ein Glück, dass es der Käfigturm ist, da können wir uns in Ruhe unterhalten. An einem andern Platz wäre das vielleicht etwas schwieriger gewesen. Aber dann hätte man das Rendezvous allenfalls dort machen müssen, wo du die Beweismittel gefunden hast. Die Chance ist gross, dass sich irgendwo Schnittpunkte befinden, an denen sich ein Treffpunkt ausmachen lässt. Es war ein reizvolles Spiel, das von der andern Seite her aufzurollen gar nicht so einfach ist. Wer hat denn bei euch damit angefangen?"

"Schmidt. Ich habe ihn zuerst ausgelacht."

"Natürlich Schmidt. Der fähigste Mann. Er war es sicher auch, der mit der Drogengeschichte nicht locker gelassen hat. Den Hinweis hatte er von mir. Er wäre früher oder später mindestens zu einer Teillösung gekommen. Also auch ohne dich ist das Kommissariat nicht ganz verloren!"

"Was willst du damit sagen?" fragte Fahrni, während er Stufe für Stufe die Treppe emporstieg.

"Bleib besser stehen, wo du bist!"

Ariane wich etwas zurück. Fahrni sah das Weisse in ihren Augen, wo sich das Licht von der Strasse brach.

"Du glaubst doch nicht, dass ich dich nach diesen Bekenntnissen noch ungeschoren wegkommen lasse!" Fahrni lachte. Er war schon auf der Höhe der Eisenkugel angelangt.

"Es wird dir nichts nützen. Ich habe alles bei meinem Anwalt deponiert, der das Couvert im Falle meines Todes öffnen wird."

"Das glaube ich dir nicht. Du bist eine Einzelgängerin, genauso wie ich es bin. Ausserdem bist du zu mutig, um dich so abzusichern. Aber auch wenn es so wäre, bin ich schon längst über alle Berge, bis dein Anwalt etwas von deinem Tod erfährt. Ich fliege gleich morgen ab!"

"Hör auf mit dem Blödsinn! Du weisst genau, dass dich alle für dich interessanten Länder ausliefern würden, wenn sie wüssten, dass du auf der Interpol-Liste wegen Mordes gesucht würdest."

"Schon wieder hast du recht. Deshalb kann ich es mir nicht leisten, dass du hier lebend rauskommst. Es ist ja einfach für den Mörder, eine Unachtsamkeit des Kommissars auszunützen, in den offengelassenen Käfigturm einzusteigen und eine ehemalige Polizistin umzubringen, die die Nase zu tief in Angelegenheiten gesteckt hat, aus denen sie nicht mehr rausgekommen ist. Deshalb mussten wir sie schliesslich entlassen, weil wir einen unausgesprochenen Verdacht in diese Richtung hatten. Du verstehst mich! Ausserdem gibt es diese Punks. Wir haben ihr Verhalten heute abend beobachten können. Da kommt es den Typen auf eine Tote mehr oder weniger nicht mehr an, vor allem wenn es um die Kontrolle im Drogengeschäft geht. Für die

Politiker ist das ein gefundenes Fressen, und die Ruhe und Ordnung in der Stadt ist schnell wiederhergestellt!"

Fahrni war während des Gesprächs bis zu den letzten Treppenstufen emporgestiegen, Ariane hatte ihren Standort nicht verlassen.

"So viel Gemeinheit hätte ich nicht mal dir zugetraut!"

In diesem Moment stürzte sich Fahrni nach vorn und versuchte, Arianes Beine zu packen. Sie hatte sich jedoch auf einen Angriff vorbereitet, jetzt kamen ihr die Kenntnisse aus der Polizeischule zum ersten Mal zustatten. Mit einer kräftigen Drehung entwand sie sich Fahrnis Griffen. Dieser stürzte zu ihr hoch, die Faust geballt, wollte er Ariane am Oberkörper treffen. Aber mit einem Abwehrschlag des linken Arms nützte sie Fahrnis Angriffswucht aus und drehte gleichzeitig seinen Körper, so dass der Kommissar nun schutzlos vor ihr stand. Einen Moment nur schien das Licht auf die bleiche Haut des Polizisten, und Ariane sah den Mörder darin.

Da stiess sie ihm die flache Hand mit einem kraftvollen Schlag ins Gesicht, so dass Fahrni rücklings die Treppe hinunter taumelte, den Tritt verpasste, nach hinten fiel und mit dem Kopf auf den unteren Stufen aufschlug. Im Sturz noch dachte er an gestern, er hatte wirklich nichts und niemanden mehr zu verlieren, er gab dem Schicksal willenlos nach. Fahrni rührte sich nicht mehr.

Ariane atmete schwer. Sie ging langsam zu ihrem ehemaligen Kollegen hinunter, konnte aber nur noch feststellen, was sie bereits geahnt hatte: Aus der Reise in ferne Länder wurde nichts!

162

Poesie für 365 Tage

"Anregend, sich mit dieser reich bebilderten, erneut von den Lyrikern Werner Bucher und Jürgen Stelling herausgegebenen Agenda auseinanderzusetzen und seine Rendez - Vous und Telefonnummern in sie einzutragen."

Glarner Nachrichten

"Der orte - Kleinverlag präsentiert eine wirkliche Agenda, die sich überallhin mitführen lässt – und die letzten 16 Seiten bieten unter dem schlichten Titel 'Notizen' die einmalige Gelegenheit, den auf 224 Seiten genossenen Unterricht in Poesie gleich in die Tat umzusetzen und sich seine eigenen poetischen Kommentare zum grauen Alltag zu verfassen."

Berner Zeitung

"Als abwechslungsreiche Mischung aus Notizkalender, Telefonverzeichnis, Bildern und Texten von Hemingway bis zur Gegenwartslyrik ist die 'Poesie - Agenda' unterhaltsamer Begleiter durch das kommende Jahr im Kleinformat."

Salzburger Volkszeitung

"Amüsant und poetisch, die 'Poesie - Agenda' durchzublättern und mit ihr ein ganzes Jahr zu leben. Lustiges wechselt mit Ernstem, Fröhliches mit Traurigem …"

Rheintalische Volkszeitung

POESIE - Agenda 1991
herausgegeben von Werner Bucher und Jürgen Stelling.
Mit Kalendarium, Eintragungen, Adressverzeichnis und vielen Gedichten.
ISBN 3 85830 052-7   240 Seiten   Fr. 14.- / DM 17.-

orte-KRIMIreihe

Kay Borowsky -
"Bächlers Methode"

Der vor allem im süddeutschen Raum als Krimiautor, Gedichtemacher und Übersetzer (Baudelaire, Nerval, Mallarmé, Rimbaud, Verlaine, Maxime Alexandre, Charles Juliet) bekannt gewordene Kay Borowsky amüsiert und fasziniert zugleich mit seiner Kriminalerzählung "Bächlers Methode". Samuel Bächler, ein erfolgreicher Schriftsteller und sanfter Melancholiker, feiert seinen achtundfünfzigsten Geburtstag, aber nicht im Kreise seiner Lieben, sondern allein. Doch ganz so vereinsamt, wie er glaubt, ist er nun auch wieder nicht: Er bekommt durchaus Besuch, an diesem und an den folgenden Tagen. Er weiss nur nicht so recht, was er von seinen Gästen halten soll - bis er vor seinem Haus niedergeschlagen wird, und da beginnt ihm was zu dämmern. Und als man es immer schlimmer mit ihm treibt, wendet er eine ungewöhnliche, psychologische Methode an, um Herr der Situation zu bleiben, eben "Bächlers Methode"... Dass zudem ein süddeutsches Städtchen (ist es Tübingen?) mehr und mehr ins Bild rückt, sei nur nebenher erwähnt.

142 Seiten, ISBN 3-85830-054-3
Fr. 18.- / DM 19.80

Bisher erschienen in der o r t e-KRIMIreihe:

Mord in Mompé
von Jon Durschei und Irmgard Hierdeis
Fr. 14.- / DM 17.-
"Die beiden Autoren erzeugen die Spannung um das Mordopfer Gabi Andermatt weniger mit Action als mit Psychologie."

Sonntagzeitung, Zürich

Mord über Waldstatt
von Jon Durschei
Fr. 16.- / DM 18.-
"Was Durschei schafft, ist mehr als ein intellektueller Krimi: Er versöhnt Anzengruber mit James Joyce."

Tip, Berliner Magazin

Arbeit am Skelett
von Paul Lascaux
Fr. 12.- / DM 14.50
"Der in Ich-Form geschriebene Roman bringt dem Leser neben einer gehörigen Portion Spannung und Unterhaltung auch die Stadt Bern näher."

Beobachter

Generalsjagd
von Augusto Vassalli
Fr. 18.- / DM 19.80
Diese Geschichte jagt den Leser vom tropischen El Luchador nach Boston, Frankfurt und Bern, um schliesslich in Basel in einem dramatischen Höhepunkt buchstäblich zu explodieren.

Tod nach Redaktionsschluss
von Käthi Mühlemann
Fr. 16.- / DM 18.-
Käthi Mühlemanns erster Kriminalroman bringt dem Leser die Welt einer Lokalzeitung mit Witz und Ironie nahe. Oder besser: Die Autorin holt den Mief, die biedere und doch beklemmende Atmosphäre, mühelos in ihre Sprache hinein.

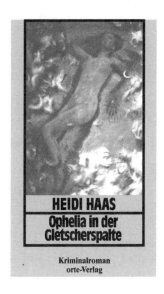

Ophelia in der Gletscherspalte

Kriminalroman von Heidi Haas

Heidi Haas' erster Roman kann wirklich unter dem Begriff Kriminalroman laufen. Aber er ist kein Goldmann - Krimi: Der Fall bleibt Nebensache, Action war nicht ihr Anliegen.Das Buch führt den Leser in einer fleissigen, ungekünstelten Sprache von Seite zu Seite, lässt ihn eintauchen in die Atmosphäre einer Stadtjugend von 1967, die den Umbruch ahnt, der dann doch in einer ohnmächtigen Revolte endet und nie erhoffte Wirklichkeit wird.

ISBN 3-85830-030-6   Fr. 18.- / DM 20.80